La collection « Ado » est dirigée
par Claude Bolduc et Michel Lavoie

La liberté des loups

L'auteur

Richard Blaimert est bien connu des jeunes. Il est depuis sept ans scénariste et dialoguiste de la populaire série télévisée « Watatatow ». Il est aussi comédien. Il a joué dans *Les Filles de Caleb, Paul, Marie et les enfants* et *Traboulidon*, ainsi que dans de nombreuses autres séries et au théâtre. Il a aussi écrit des spectacles, notamment « Le club des 100 watts est en ville ». *La Liberté des loups* est son premier roman.

ROMAN ADO | DRAME

Richard Blaimert
La liberté des loups

ts d'Ouest

Données de catalogage avant publication (Canada)

Blaimert, Richard
   La liberté des loups

   (Roman ado ; 14. Aventure)

   ISBN 2-921603-69-1

I. Titre. II. Collection : Roman ado. Aventure
III. Collection : Roman ado ; 14.

PS8553.L333L52 1998   jC843'.54   C98-940076-X
PS9553.L333L52 1998
PZ23.B53Li 1998

Nous remercions le Conseil des Arts du Canada de l'aide accordée à notre programme de publication. Nous reconnaissons l'aide financière du gouvernement du Canada par l'entremise du Programme d'Aide au Développement de l'Industrie de l'Édition (PADIÉ) pour nos activités d'édition. Nous remercions également la Société de développement des industries culturelles (SODEC) de son appui, ainsi que la Ville de Hull.

Dépôt légal — Bibliothèque nationale du Québec, 1998
                      Bibliothèque nationale du Canada, 1998

Réimpression : 2000

Révision : Renée Labat, Michel Santerre.

Éditions Vents d'Ouest inc.
185, rue Eddy
Hull (Québec) J8X 2X2
Téléphone :   (819) 770-6377
Télécopieur : (819) 770-0559
Courriel : ventsoue@magi.com

Diffusion au Canada :PROLOGUE INC.
Téléphone :   (450) 434-0306
Télécopieur : (450) 434-2627

Diffusion en France : DEQ
Téléphone :   01 43 54 49 02
Télécopieur : 01 43 54 39 15

À Marilou…

L'auteur tient à remercier de leur générosité :
David Kerr, Pierre Samson, Camille Tremblay,
Marie-Claude Trépanier, Geneviève Robitaille,
Anne Bergeron et Louise Leblanc.

N'importe qui peut un jour tomber à genoux,
demander grâce, gémir un minuscule,
un insensé s'il vous plaît
devant l'immensité de la cruauté.

Élise TURCOTTE, *L'Île de la Merci.*

Chapitre premier

JE SUIS MORTE. Mourir à quatorze ans ne faisait pas partie des projets inscrits dans mon agenda scolaire, mais aujourd'hui, à deux heures quarante, je dois bien admettre que c'est comme si ça l'était. C'est samedi et il y a une éternité de minutes que je suis étendue sur mon lit, le corps inerte, les yeux fermés. Comme si ça pouvait retenir les secondes, comme si ça pouvait changer ce que JE SAIS maintenant. Il n'y a pas un bruit dans la maison si ce n'est du battement de mon cœur. Un gros cœur rouge qui pompe le sang, trop vite. Peut-être va-t-il décider de s'arrêter sans avertissement ? Est-ce qu'on peut mourir d'un infarctus à mon âge ? Une belle mort naturelle sans additif chimique, sans alcool ni drogue. Je souris malgré moi. Je ne suis pas vraiment morte, mais sûrement devenue folle comme le poète Émile Nelligan. Au fond, je simule la folie pour ne pas pleurer. C'est trop énorme. Toutes ces images qui traversent mon esprit. Mon cerveau est complètement paralysé. C'est pire que la pire des grippes.

Le téléphone a sonné plusieurs fois depuis que JE SAIS, mais je ne me suis pas précipitée comme d'habitude. Ça ressemble à ça, la maturité ? ne pas répondre au téléphone quand on a quatorze ans ?

Ça s'annonçait pourtant comme un samedi matin ordinaire : se lever à dix heures, regarder les plus récents vidéoclips en parlant au téléphone avec Esther, ma meilleure amie. La pauvre, elle est encore pâmée sur Martin Bellerose, mais lui ne semble pas s'y intéresser. Le bête ! Il préfère les belles filles passives, sans caractère, qui se contentent d'afficher un grand sourire figé. Tout le contraire de mon amie, quoi ! Esther porte de longs cheveux noirs qu'elle ramasse en une tresse ou en une queue de cheval. Elle est mignonne mais, sans être grosse, elle n'est pas tout à fait menue. Elle n'est pas non plus du genre contemplative comme les Barbie et n'a surtout pas la langue dans sa poche. Elle dit tout ce qu'elle pense, en tout temps. Au primaire, on l'appelait Esther-la-tornade. Maintes fois, elle s'est retrouvée au bureau du directeur. Et toujours, en sortant, elle disait : « Le pincé, s'il pense qu'il me fait peur ! C'est pas lui qui va m'énerver le poil des jambes ! ». Il n'y a vraiment que Martin Bellerose qui soit parvenu à lui ramollir le cerveau de la sorte. Cinq longues semaines que ça dure ! Et Esther ne semble pas voir qu'il n'est pas intéressé. Elle se contente d'espérer et de croire que Martin est trop intimidé par son « tempérament » pour se déclarer.

« Esther, c'est un cas perdu, oublie-le, sors-le de ta tête ! » Voilà, ce que j'aurais dû lui dire ce matin, mais je n'ai rien fait. En plus d'être presque morte, je suis parfois assez lâche. Je me suis contentée de l'écouter me résumer l'échange de leur premier demi-sourire de la veille. Un demi-sourire ! Ils ont encore du chemin à parcourir avant le mariage ! Au fond, c'est un peu ça, l'amitié : croire aux rêves de l'autre même quand on sait qu'ils ne se réaliseront pas.

Le téléphone sonne à nouveau. C'est probablement Esther qui a encore changé d'idée concernant sa toilette pour le party de ce soir. Ou ma mère...

La sonnerie s'arrête enfin. Le sang cogne à mes tempes. Je tourne légèrement la tête. Premier véritable mouvement de mon corps depuis que je me suis lovée sur mon lit après avoir quitté, en panique, la chambre de ma mère. Je regarde le réveil sur ma table de chevet. Il est presque trois heures. Je devrais me lever, prendre une douche. Me refaire une beauté, comme dirait ma désarmante tante Solange, mais je me contente de me recroqueviller sur mon lit en attendant l'arrivée d'Esther pour sa séance de maquillage. Par la fenêtre, je vois des feuilles qui voltigent et tombent. Des feuilles rouges, jaunes, ambre ; des feuilles sans vie. Je ne suis pas morte, mais maintenant j'ai une meilleure idée de ce que ce peut être la mort. C'est horrible. Rapidement, je me demande ce que je dois faire. Dire la vérité à Esther ou simplement me taire et faire comme si je ne savais rien ?

En bas, j'entends la porte se refermer sans aucune cérémonie. Ce n'est pas un reproche, c'est la règle ici à la campagne : les portes ne sont jamais verrouillées et personne ne sonne avant d'entrer. Je suis peut-être folle mais je reconnais la voix de mon amie qui ne se gêne pas pour laisser voir son impatience.

— Suzie ! Qu'est-ce tu faisais ? Ça fait trois fois que j'essaie de t'appeler.

— Je dormais...

Esther a apporté avec elle au moins la moitié de sa garde-robe. Je ne peux m'empêcher d'esquisser un sourire. C'est beau de la voir aimer ainsi. Si l'amour pouvait l'aimer en retour avec la même générosité ! Mais, malgré ma bonne volonté, mon sourire s'efface aussitôt.

— Qu'est-ce qu'il y a ?

— Rien...

— Voyons, t'es blanche comme une morte.

Aussitôt, j'éclate en rivières. Visiblement, toutes les larmes du monde se cachent derrière mon chagrin. C'est immense, plus grand que la mer. Apeurée et inquiète, Esther dépose rapidement ses robes sur mon lit et s'approche pour me réconforter.

— Tu t'es encore chicanée avec ta mère ?

J'essaie de répondre, mais rien ne s'échappe de ma bouche. Je mets près de cinq minutes à taire mon océan. À tout le moins, un peu. Esther me regarde alors, coupable :

— C'est moi ? J'ai fait quelque chose ?

— Non, c'est pas toi.

— C'est quoi d'abord ?

J'attends pour voir si d'autres vagues vont resurgir, mais il n'en est rien. Je crispe les lèvres, m'essuie les yeux et pousse un grand soupir.

— C'est si grave que ça ?

Évidemment, je vais tout lui dire, je vais lui raconter ce que j'ai découvert dans la chambre de ma mère.

Ma mère s'appelle Linda. Elle est coiffeuse au salon Nicole dans la rue Principale aux Éboulements. Elle a trente-cinq ans. Esther me dit toujours que je suis chanceuse car, quand je vais en avoir trente, Linda ne sera qu'au début de la cinquantaine. La sienne aura déjà soixante-deux ans. Perdre ses parents est la plus grande peur d'Esther, mais elle n'insiste jamais trop sur le sujet car elle sait que je n'ai pas de père. À tout le moins, il n'a jamais habité avec nous et je ne peux pas dire que ça m'ait traumatisée. Je confirme donc la justesse du proverbe qui dit que ce qu'on ne connaît pas ne fait pas mal. Mon père a donné quelques gouttes de son sperme et est reparti en courant. Voilà pour lui !

J'habite donc seule avec Linda une petite maison sans élégance dans ce village perdu que l'on nomme Les Éboulements. Je dis perdu parce qu'en dehors de la rue Principale, il ne reste plus rien. Trop d'éboulis, je suppose. Heureusement, derrière chez moi, il y a le fleuve, ma seule consolation. J'aime regarder l'eau. L'été, il n'est pas rare qu'Esther et moi quittions le plateau pour descendre à sa rencontre. Il faut traverser trois champs et deux forêts pour y arriver. C'est abrupt, escarpé, ça sent l'aventure. Tante Solange dirait que c'est trop dangereux pour deux filles mais, avec Linda, la liberté est encore un mot qui signifie quelque chose. Pour ça, à tout le moins.

L'effet est toujours saisissant quand nous franchissons le dernier bois menant à la plage. Pour seul bruit, il y a le murmure des vagues : une musique inspirée des plus grands concertos. J'aime les grands airs classiques. Je sais que c'est bizarre à mon âge, je n'y connais rien, mais en entendant une nouvelle symphonie, je sais que c'est beau. Ça m'enveloppe et je me sens en sécurité. Esther, elle, trouve ça triste et ennuyant. Elle préfère Michael Bolton. Sans commentaire.

Sur la plage, nous nous assoyons toujours sur l'immense rocher au pied de la voie ferrée. À sa base nous avons gravé nos initiales : SB et ET, pour toujours... La lettre B pour Bergeron et T pour Tremblay. Quelquefois, à la vue d'un navire, nous nous mettons à danser et à crier pour que les marins nous aperçoivent du pont. Une fois, l'excitation a atteint son paroxysme quand Esther a décidé d'enlever le haut de son bikini mauve ! Aussi folle, je l'ai imitée sur-le-champ en poussant des grands cris pour dissimuler ma gêne. Plates comme des galettes, nous dansions pour impressionner les marins. Nos mains coupaient le vent en faisant de grands mouvements en direction du bateau. Si elle nous avait vues, Solange aurait déclaré que nous étions deux petites sorcières sans cervelle, mais pour moi, ça restera l'un de mes plus beaux souvenirs, l'un de ces moments qui vous permettent de croire que tout est possible dans la vie.

Je suis, bien sûr, soulagée que ma mère ne soit pas Solange, mais ça ne veut pas dire que ma relation avec Linda soit exempte d'accrochages. En fait, elle est rarement d'accord avec mes idées, pas plus que je ne le suis sur son choix de débiles légers qui viennent la rejoindre dans sa chambre à coucher. Ici, Solange me trouverait franchement vulgaire, mais ça ne me gêne pas, je n'aime pas les tabous. Linda non plus. C'est notre principal point commun.

Je n'oublierai jamais mon premier cours de sexualité :

— Suzie, tu dois savoir que j'invite des hommes dans ma chambre à coucher ?

17

– Je suis pas aveugle !

– Tu dois pas être sourde, non plus.

Et vlan ! La réplique était venue sans prévenir, comme la foudre s'abattant sur un
arbre malgré l'absence de vent et de pluie.
Bouche bée, je me suis contentée d'acquiescer légèrement.

– T'as des questions à poser ?

Puisqu'elle me le demandait…

– Ça te fait vraiment crier comme ça ?

– C'est pas des cris, c'est une façon d'ex-
primer ma satisfaction. Quand j'exprime mon
plaisir, c'est parce que mon homme est un bon
amant. Toi aussi, tu vas aimer ça quand ça va
être le temps.

Pour la forme j'ai affiché mon air le plus
mature, mais je me suis sentie toute drôle en
dedans. Comme si je la trouvais trop avant-
gardiste. Elle m'a dévoilé les rudiments de la
sexualité en accordant une importance parti-
culière à la reproduction (visiblement, elle ne
tenait pas à ce que je me retrouve enceinte à
treize ans).

– Quand est-ce que je vais savoir que je
suis vraiment prête ? ai-je risqué.

Elle a hasardé un sourire.

– La mère voudrait jouer à l'autruche et te
dire d'attendre le plus tard possible, mais ça ne
servirait pas à grand-chose. Je m'appelle pas
Solange !

Nos rires s'unirent et, à son regard, j'ai vu
qu'elle était fière de moi.

– Quand tu vas vraiment être amoureuse, tu vas arrêter de te poser des questions. Fais-toi confiance.

Me faire confiance. Il y a un mois, j'ai bien cru ressentir quelques pincements au cœur pour Luc Savard mais, dès notre premier tête-à-tête, j'ai su que je n'étais pas prête. Il n'y a pas eu la magie des histoires d'amour de mes romans favoris. Seule l'envie pressante que ses baisers gluants se terminent au plus tôt.

– Qu'est-ce qu'il y a, Suzie ? T'aimes pas ça ?
– C'est pas ça mais…
– T'es tellement belle. Je t'aime…

Après vingt minutes de fréquentation, voilà qu'il m'aimait ! Et après ça, on ose dire que ce sont les filles qui sont dépendantes. Sans avertissement, il s'est à nouveau approché de ma bouche et sa langue mouillée a tenté de rejoindre la mienne. Mon organe n'a pas été au rendez-vous.

– Luc… tu sais… je…
– Quoi ?
– Bien…

Sur-le-champ, j'ai affiché mon air le plus navré.

– Tu m'aimes pas ?

« Non » ai-je demandé à mon cerveau de répondre mais, trop lâche, je me suis contentée d'une mauvaise excuse.

– J'ai juste quatorze ans…

Pourquoi est-ce que la vérité est si difficile à dire ?

– *Come on*, Suzie! C'est quoi le problème?

– Sortir avec un gars, c'est beaucoup d'énergie… puis je veux me consacrer à mes études…

Lui non plus n'a pas trouvé l'excuse à la hauteur. Je n'ai plus vu aucune trace de tendresse dans ses superbes yeux noirs italiens.

Brûlant de rage, il s'est dégagé et n'a pas hésité à m'affubler de tous les noms de la terre, agace-pissette y compris. La pire des agace-pissettes! a-t-il crié. J'étais estomaquée. Quelques secondes plus tôt, il me déclarait le plus grand des amours. Ce soir-là, dans mon journal personnel, je lui ai accordé la note de moins deux. Il y a tout de même des limites au pardon! Se faire traiter d'agace-pissette! Et lui? Une sangsue qui n'attendait que de pouvoir annoncer à sa gang qu'avec moi, il l'avait fait! Non, ce n'était pas la définition que j'avais de l'amour. J'étais, bien sûr, contente d'avoir observé les conseils de Linda, mais aujourd'hui, avec ce que je sais… Qu'elle aille au diable avec ses beaux discours de mère évoluée!

Dans la chambre, Esther me regarde avec toute la curiosité du monde. Malgré mon envie, je me demande comment je vais pouvoir lui raconter ce que j'ai découvert. J'ai l'impression d'avoir passé deux jours dans la sécheuse tant je suis sonnée. Esther le sent. Pour détendre l'atmosphère, elle lance une autre de ses clowneries:

— OK, on va prendre une grande respiration, puis tu vas pouvoir tout raconter à ma tante Solange.

Esther me connaît tellement. C'est déjà plus facile de plonger.

— Après avoir raccroché tantôt, je suis allée dans la chambre de Linda pour fouiller dans sa réserve de cosmétiques. Je voulais choisir le maquillage parfait pour la danse de ce soir. Trouver ce qu'il y a de plus beau pour que tu sois la plus belle.

Esther rougit et me regarde maintenant avec les yeux de celle qui me croit la meilleure amie du monde. Ça me fait du bien. Les yeux d'Esther sont perçants comme ceux d'un loup, mon animal préféré. Je n'en ai, bien sûr, jamais possédé, mais depuis que j'ai vu un reportage sur eux à la télévision, j'ai décidé d'en faire une collection : des loups en peluche, en porcelaine, en bois. Le plus précieux est celui de verre que m'a offert Esther pour mon douzième anniversaire. Ils sont partout dans ma chambre, ils me regardent, me protègent. J'envie sa liberté, moi qui ai toujours peur de quelque chose. Quand j'étais plus jeune et que je lisais « Le petit chaperon rouge », c'est le gros méchant loup qui était mon allié. Quant à moi, Chaperon n'avait qu'à jouer de prudence et cesser de s'imaginer qu'il n'y a que le bien sur terre !

— OK, tu veux que je sois la plus belle, mais si tu commençais par me dire ce qui s'est passé ?

Nerveuse, je m'approche de la fenêtre et m'assure de ne pas voir venir la voiture de Linda au bout de la rue.

– Franchement Suzie, on va l'entendre si elle arrive. C'est quoi ? Linda t'a vue fouiller dans son maquillage ?

– Non, non. De toute façon j'ai la permission d'en emprunter. Non c'est…

Tout est encore si précis dans mon esprit. Après avoir choisi les couleurs d'Esther, j'ai remis le maquillage dans le coffre, le coffre dans la garde-robe, et là, j'ai remarqué qu'une des vis de la plaque d'aération n'était plus serrée. J'ai trouvé ça bizarre. Comment cette tige de métal aurait-elle pu se dévisser toute seule ? Linda n'avait pas fait de travaux, il n'y avait pas eu de tremblement de terre non plus. Intriguée, je suis allée chercher un tournevis et une lampe de poche. À l'intérieur, pêle-mêle sur le plancher, il y avait du papier journal, du vieux tissu. Prudemment, j'ai tâté le plancher pour éviter qu'un rat ne me saute au visage. Connaissant Esther, normalement, ici elle aurait dû ajouter un « ouach ! » ou un « ah ! c'est complètement dégueu ! » mais, dans les circonstances, elle déglutit sans détourner ses yeux noisette maintenant ronds comme des billes.

– J'ai enlevé le tissu, les journaux et, en approchant ma lampe, j'ai vu quelque chose briller entre les planches. Intriguée, j'ai commencé à examiner les lattes, pour m'apercevoir qu'en fait, c'était pas un vrai plancher. J'ai levé une latte de bois, une deuxième et j'ai finalement trouvé un coffre en métal, verrouillé.

Après, mon regard est devenu horriblement triste si j'en crois la réaction d'Esther.

– Voyons Suzie… Linda va quand même pas te tuer parce que t'as trouvé son coffre…

– Ça…

– Mais qu'est-ce que t'as trouvé, pour l'amour ? De l'argent volé ?

– Non.

– Un fusil ?

– Bien non…

– Parle, d'abord ! Tu me stresses.

Qu'est-ce que je suis en train de faire ? J'inspire profondément comme pour gagner du temps. Mon secret me déchire le cœur mais j'ai peur de parler. Dès qu'Esther sera dans le coup, je ne pourrai plus me convaincre de n'avoir jamais ouvert ce coffre. Je devrai vivre avec cette révélation toute ma vie.

– On dirait que tu me fais pas confiance…

Ses lèvres s'affaissent sous l'énorme déception. Indécise, j'allonge mon silence pendant qu'Esther continue à me regarder avec son air de caniche martyrisé. Elle me connaît bien car, légèrement coupable, malgré mes inquiétudes, je cède et choisis de ne rien inventer.

– Mais je veux que tu me promettes de ne jamais rien dire. Jamais, jamais, jamais.

– Jamais, jamais, jamais.

– Bon. Au dire de ma mère, on est arrivés aux Éboulements quand j'avais trois ans.

Avant, Linda m'a toujours dit qu'on avait voyagé un peu partout…

— Je le sais… C'est pas le cas ?

— Je le sais plus. Dans le coffre, j'ai découvert des articles de journaux relatant un procès qui a eu lieu à Montréal, il y a treize ans.

— À propos de quoi ?

— Une histoire d'adoption.

— Linda t'a adoptée ?

— Non, ce serait plutôt le contraire.

— Je te suis pas, là.

— Dans les articles, ils parlent d'une petite fille placée en adoption par sa mère. Le bébé M qu'ils écrivent.

— Puis tu penses que c'est toi ?

— C'est évident, il me semble. À l'âge de deux semaines, Linda m'aurait placée en adoption parce qu'elle avait des problèmes de drogue. Mais, six mois plus tard, désintoxiquée, elle serait revenue dans le décor pour essayer de me ravoir. Évidemment, les parents adoptifs ont refusé. Il y a eu un procès. En fait, il y en a eu deux. Ils ont gagné le premier, Linda le deuxième. J'avais trois ans.

— Mais ça veut pas nécessairement dire que c'est toi.

— Pourquoi Linda aurait gardé les papiers dans un coffre caché dans le mur ?

— Parce que, euh…

— En plus, ça concorde avec le fait que je n'ai aucune photo entre ma naissance et l'âge de trois ans.

Je viens de semer le doute dans l'esprit d'Esther. Pendant un instant, elle me regarde avec ses airs de détective amateur, le temps d'essayer de remettre les morceaux du puzzle en place.

– Dans les articles, il n'y avait aucun nom?

– Ils ne peuvent pas écrire les vrais noms à cause d'un règlement de la protection de la jeunesse.

– Ouais… j'avoue que ça a l'air louche. Mais au moins, si c'est le cas, Linda a réussi à te ravoir.

– C'est un point de vue…

– T'as pas l'air contente.

– Esther! Linda m'a abandonnée durant trois ans…

– Elle t'a laissée pendant six mois. C'est les autres qui voulaient pas qu'elle te reprenne.

– Justement! Je suis pas un jouet. Elle avait pas d'affaire à me placer en adoption. Franchement!

– Elle prenait de la drogue. C'était peut-être une bonne chose qu'elle te confie à quelqu'un.

– T'arranges ça vite, toi! C'est pas parce que madame avait besoin de se geler la fraise que ça lui donnait tous les droits!

– C'est pas agréable, mais t'es en vie, t'es pas morte.

– Je suis peut-être pas morte, mais ça veut dire que, durant trois ans, j'ai vécu dans une autre famille. J'ai eu un autre père, une autre mère…

– « Père, mère », tu trouves pas que t'exagères un peu ?

– Quoi ? Je devais être attachée à eux, moi aussi. Je suis restée là trois ans ! Est-ce que tu sais ce que ça veut dire, trois ans ? Je vais t'enfermer trois ans avec ma tante Solange, tu vas voir que tu vas t'en rappeler…

– Tu te souviens de quelque chose ?

– Bien non, c'est juste une image pour te faire comprendre que ça devait pas être évident de retourner avec Linda.

– Mais c'était ta vraie mère !

– Biologique, peut-être, mais pas émotivement. Je le savais pas, moi, je la connaissais pas, Linda ! J'avais passé deux semaines avec elle. Quand tu y penses, mes vrais parents, c'était le couple.

– Peut-être mais… t'étais jeune. On oublie vite à cet âge-là…

Quand Esther est de mauvaise foi et qu'elle ne veut rien entendre… Au bord des larmes, je me mets à crier :

– Tu veux rien comprendre ! Ma mère m'a menti ! Ah ! puis laisse donc faire, laisse-moi donc tranquille !

En colère, je retourne vers la fenêtre pour ne pas lui sauter au visage. Dehors, le vent se lève. Bientôt, il ne restera plus aucune feuille à l'érable qui surplombe la maison. Il sera abandonné comme moi je le suis dans mon cœur. Et Esther qui minimise tout. Je la déteste ! Elle est sans doute trop obsédée par son histoire d'amour avec Martin Bellerose, combien plus importante ! Eh bien ! je vais lui en composer, moi, un maquillage ! Elle va en pleurer, des larmes, quand il va la dévisager tellement elle aura l'air ridicule.

— Je m'excuse, Suzie. Je voulais juste t'encourager, je pensais que tu voulais être avec Linda.

— J'ai pas dit que je voulais pas être avec Linda… c'est juste que… j'ai l'impression qu'il m'en manque des bouts. Tu comprends ?

— Oui…

Nous nous laissons porter par le temps.

— Qu'est-ce que tu veux faire ?

L'esprit chaviré, orpheline de cœur, je hausse les épaules, pour seule réponse. Heureusement, mon amie me prend dans ses bras. Je la serre très fort pour ne pas me remettre à pleurer.

Quand je suis plus calme, nous retournons rapidement dans la chambre de Linda pour relire les articles. Dans l'énervement, j'aurais pu oublier un détail important qui aurait tout expliqué, mais en vain. Rien ne prouve que je ne suis pas le bébé M, rien n'indique que je n'ai pas appartenu à une autre famille jusqu'à l'âge de trois ans. Cette fois, Esther est parfaite. Et même quand elle ajoute que les choses auraient pu être pires si j'avais été adoptée par Solange, je ne peux m'empêcher de lui donner raison.

Le choc de la nouvelle étant passé, je suis forcée d'admettre que ce n'est pas la fin du monde. Je suis toujours en vie, tous les jours des enfants meurent de faim partout dans le monde. Par conséquent, je dois essayer de relativiser.

Vers les cinq heures, j'offre donc à mon amie de débuter sa fameuse transformation. Heureusement pour elle, je n'ai plus mes idées de vengeance.

– T'es sûre que ça te dérange pas ? Tu sais, avec ce qui arrive, je comprendrais.

– Non. Je t'ai promis que t'allais être la plus belle. J'ai juste une parole !

Je suis sur le point d'ajouter que je ne suis pas comme Linda, mais je me contente de lui attacher les cheveux et de commencer son maquillage.

Quand Linda rentre aux alentours de sept heures et s'extasie en voyant le visage d'Esther, je suis flattée et sincèrement contente pour mon amie. Mais subitement, le fait de me retrouver en présence de ma mère me fait un effet monstre. C'est indescriptible. En la regardant, je ne peux m'empêcher de me répéter qu'elle m'a abandonnée. Pourquoi m'a-t-elle mise au monde si c'était pour me jeter à la rue comme une vieille chaussette ? Je me sens comme le chien qu'on retourne à la SPCA parce qu'il demande trop d'attention. Et dire qu'elle se permettait de me donner des conseils en matière de contraception !

Linda fige un instant devant le garde-manger, comme si elle attendait qu'il se remplisse par magie.

– Qu'est-ce tu veux manger ? me lance-t-elle avec son air blasé de coiffeuse de la rue Principale.

– Je ne mange pas ici, Esther m'a invitée. On s'en va à un party puis je vais coucher chez elle.

Pas question que je reste ici avec elle. Il faut que je me sauve !

– Ça dérange pas tes parents, Esther ?

Je déteste ça ! Pourquoi vérifie-t-elle systématiquement tout ce que je dis ?

– Si je te le dis, ça doit être parce que c'est vrai !

– Non, non, ça dérange pas, s'empresse de lancer Esther en s'efforçant de conserver un ton naturel.

– Bon. Dans ce cas-là... Bonne soirée, les filles.

Je n'ajoute rien. Il n'y a que le « vous pareillement » d'Esther qui résonne dans la pièce. Linda se dirige vers la réserve d'alcools pour se préparer un de ses célèbres apéros et, sans attendre, nous quittons la pièce.

– Qu'elle s'étouffe avec son Martini, elle !

– Tu marches trop vite, Suzie ! Si j'ai trop chaud, tu vas être obligée de refaire mon maquillage. Tu sais comment je sue facilement.

– Si je l'ai fait une fois, dis-toi que je vais être capable de le refaire. Puis dis-toi que tu vas être encore plus belle.

Une colère explosive m'habite. Habituellement, nous mettons quinze minutes pour nous rendre chez Esther, mais là, c'est sous la barre des sept minutes que nous franchissons la distance entre nos deux maisons. Un exploit que mon prof d'éduc aurait qualifié d'exceptionnel, lui qui trouve que je suis trop paresseuse. À ce qu'il paraît, avec des jambes filiformes comme les miennes — c'est le mot qu'il emploie —, j'ai l'étoffe d'une grande championne d'athlétisme. À l'instant, je cours les cent mètres, Linda est derrière moi, je dois vaincre, lui infliger une défaite, l'humilier. Je franchis la ligne d'arrivée. Victoire ! Mais quand Esther se regarde dans le miroir, à bout de souffle, elle hurle à la catastrophe :

— Je te l'avais dit de ralentir ! J'ai l'air d'une sorcière !

— Relaxe, je t'ai dit que j'allais recommencer.

Au début, je la sens ultra-nerveuse mais, une heure plus tard, quand elle ose de nouveau affronter la glace, son sourire est resplendissant.

— Hon ! C'est encore plus beau ! Comment t'as fait ?

Franchement, je ne le sais pas. C'est sans doute ça, le talent. En regardant mon propre travail, j'ai du mal à comprendre comment j'ai pu agencer toutes ces couleurs sur son visage pour que le résultat soit si naturel et avantageux. Peut-être un ange a-t-il eu pitié de moi, trouvant que les dernières heures de ma vie avaient été suffisamment cruelles ?

À la salle paroissiale, Martin Bellerose ne cesse de « frencher » l'insipide Lisa Gallant dans le coin le plus noir. On devine sans difficulté les mains baladeuses du bêta qui explorent son nouveau terrain de jeux ! À mes côtés, Esther est sur le point de se transformer en serpent à sonnette tant elle n'en finit plus de cracher son venin contre Lisa. Pour alléger la situation, j'invite mon amie à danser, mais sur le coup de onze heures, Esther décide que nous rentrons : elle en a assez vu et enduré.

– Jamais ! Plus jamais je vais aimer un gars, tu m'entends, Suzie Bergeron ? Plus Jamais !

« Suzie Bergeron… » Malgré ma sollicitude, je ne peux m'empêcher de songer avec nostalgie qu'il n'en a peut-être pas toujours été ainsi. Quel nom ai-je pu porter durant ces trois ans ? Maude, Martine, Mireille ? C'est tout de même mieux que Suzie, un prénom que j'ai toujours détesté.

– Sortir avec Lisa Gallant ! Il les aime vraiment pas intelligentes.

– Je te l'avais dit qu'il était macho, ton Martin. Tu l'idéalisais trop.

Elle ne le défend pas. Elle ne le défendra plus, elle en fera son deuil. Moi aussi, je dois faire de même avec cette histoire de bébé M. et cette autre vie. Esther a raison : qu'est-ce que j'obtiendrais en m'entêtant à songer à une situation qui n'existe plus ? Des excuses de Linda ? Jamais. Ma mère n'est pas du genre à regretter. En fait, en parler avec elle ne ferait qu'empirer notre relation. Elle ne me pardonnerait pas d'avoir fouillé dans ses affaires, je l'accuserais de m'avoir menti et nous en aurions pour des semaines à nous en remettre. Notre relation est déjà suffisamment compliquée. Non, il vaut mieux vivre dans le silence et faire comme si je ne savais rien. C'est le passé et le passé ne s'appelle pas Esther : on ne peut pas le maquiller, lui.

Main dans la main, les yeux rougis par nos chagrins respectifs, Esther et moi nous nous dirigeons vers le haut de la côte. Dans le ciel, on dirait que la lune va tomber tellement elle est énorme. Je sais qu'il y a toutes ces lois de physique qui expliquent l'attraction, mais je ne peux m'empêcher de me demander comment elle fait pour ne pas s'écrouler. Comment l'univers peut-il, jour après jour, ne pas se lasser d'exister et ne jamais commettre d'erreurs ? Après tout, peut-être les tremblements de terre, les ouragans sont-ils des représentations différentes de la tristesse ? D'énormes chagrins pour d'énormes créatures ? Et ce ciel qui déborde d'étoiles. Existe-t-il assez de chiffres pour toutes les compter ? Malgré moi, je souris tristement en me disant que l'une d'elles porte secrètement mon autre nom : Mélopée ? Méduse ?

Esther renifle. Visiblement son cœur est à vif. Comment va-t-on pouvoir tolérer toutes ces peines jusqu'à notre mort ? Esther me prend la main. Je la serre très fort pour lui faire comprendre que je sais et que je suis avec elle. Elle imite mon geste. Nos pieds font valser l'amoncellement de feuilles échouées sur l'asphalte. Il fait étonnamment doux pour ce début d'octobre. Un vent léger et chaud caresse nos visages. C'est l'été des Indiens.

Chapitre II

– T OI, MON MAUDIT, si tu veux pas que je te fasse revoler les barniques, t'es mieux de faire de l'air ! OK le tarlet ?

À la polyvalente, un pauvre inconscient de secondaire I vient de se moquer des kilos en trop d'Esther. En voyant la foudre dans le regard de mon amie, le pauvre comprend vite qu'il est préférable de s'éloigner au plus vite. Et moi, je sais qu'Esther vient d'échapper à sa torpeur pour redevenir l'amie de toujours. Trois jours qu'il lui aura fallu pour se libérer des tentacules de Martin Bellerose.

– Ça va, Esther ?

– Bien oui. Ça se peut-tu ! Être laid comme un pou puis se permettre de commenter « ma taille de sportive ».

Elle s'en moque en plus ! Esther a une telle facilité à se glisser dans la vie que j'en suis presque jalouse. Si un garçon m'avait traitée de grosse torche comme ce « pou » venait de le faire, je me serais sur-le-champ précipitée aux toilettes pour vomir les kilos en trop, mais pas elle. Elle m'impressionne. Je me doute bien que ce n'est pas toujours facile dans le quotidien, mais à voir le sourire radieux émanant de son visage, je sais que ce n'est pas de l'hypocrisie. Ça, j'en parierais ma chemise.

– Ça fait du bien de te voir sourire…

– J'avais le plâtre de l'amour collé au visage, mais là, c'est fini ! *I am back*, Suzie !

– Bilingue en plus ! Ta peine d'amour t'a rendue moins nounoune !

Cabotine et légère, Esther se met à pivoter sur elle-même comme une ballerine. Je la trouve resplendissante. En fait, Esther est enrobée, mais pas du tout énorme. Ma mère dit qu'elle a la charpente forte, comme une maison qui ne tombe jamais. Pour une fois, je suis d'accord avec elle, mais pour le reste, je ne la porte pas plus dans mon cœur.

J'essaie bien d'oublier de toutes mes forces l'événement « coffre dans la garde-robe » mais, malgré mes bonnes intentions, mon « amnésie » se traduit par de longs silences quand nous nous retrouvons dans la même pièce. Enfin, presque… Aux questions de Linda, je réponds, oui, non, peut-être, je ne sais pas. Toutefois, Linda n'est pas du genre à s'acharner quand j'affiche cette attitude peu communicative. Elle se rappelle encore sans doute sa crise d'adolescence. Et d'après Solange, ce n'était pas de tout repos ! Alors, la plupart du temps, elle me laisse tranquille. J'apprécie.

L'été des Indiens n'a pas fait long feu. Dehors, il pleut et le vent n'en finit plus de faire danser ce qui reste de feuilles. Il ne neige pas encore, mais je sens que ça ne sera plus très long malgré les protestations d'Esther.

– T'es complètement folle, neiger en octobre !

– On vit dans un pays de cul ! Il pourrait même neiger des poignées de frigidaire, que je serais pas surprise.

J'exagère un peu, mais il est vrai que je déteste l'hiver. Tout est si compliqué. Chaque sortie à l'extérieur devient une guerre à n'en plus finir : les collants, la tuque, les mitaines, les bottes, le calcium. De plus, comme nous n'habitons pas un château en Espagne, les vents glacials de janvier transforment ma chambre en congélateur. Dire que j'aurais pu vivre à Montréal ! Peut-être même mes premiers parents ont-ils quitté le pays pour la Californie ? Paris ? New York?

Suzie, arrête de penser ! Peut-être devrais-je simplement repeindre ma chambre ? Choisir une couleur plus chaude ? Ocre ? Faire quelque chose pour effacer mon passé devenu trop étouffant, m'inventer un futur malgré l'hiver qui s'annonce ? Pas mauvaises comme idées. Linda, qui a horreur des grands ménages, n'hésiterait pas à m'avancer les sous de la peinture.

Pour elle, peindre une pièce signifie de ne plus nettoyer pour les six prochains mois. En ce qui me concerne, disons qu'au bout de trois mois, je commence à en avoir marre de m'engueuler avec les araignées qui s'imaginent que la maison est devenue leur nouveau paradis. Alors, je me lance. Je sors les nettoyants, les chiffons, l'aspirateur. Je frotte, je lave, j'essuie. Ça dure au moins quatre heures. Comme dirait Esther en arrivant : « Ouais, ça sent plus le petit guidou ici, ça fait du bien ! » Elle a de ces expressions, parfois ! Évidemment, Linda est toujours satisfaite. Pour me remercier, elle m'invite au restaurant et m'offre les sous pour ma prochaine coupe de cheveux. Même si elle préférerait me voir fréquenter son salon. Je culpabilise toujours un peu de ne pas l'encourager, mais hélas, je ne partage pas plus ses vues artistiques. Je préfère aller à Baie-Saint-Paul où la mode est plus au goût du jour. Sans m'appeler Barbie et sombrer dans le superficiel, une coupe de cheveux a tout de même son importance.

En bas, j'entends la porte se refermer. Très fort. J'en déduis que la journée a été longue et pénible. Linda cogne le bac à glace contre le comptoir de cuisine. Je l'entends ensuite marcher dans le corridor. Elle ouvre les robinets du bain à pleine capacité. Visiblement, la journée a été massacrante. Stratégiquement, je choisis d'attendre pour lui parler de la peinture.

La télé est ennuyante. En début de soirée, il n'y a que des jeux insipides. C'est trop inspirant ! Et je ne parlerai pas des émissions qui me sont soi-disant destinées. Franchement, ça me donne la nausée tant ça ne ressemble en rien à la vie. Dans ces grands chefs-d'oeuvre éducatifs, les parents et les adolescents sont des modèles de perfection. Ils parlent, discutent et, à la fin, tout s'arrange. Je devrais leur faire parvenir la copie carbone d'une journée entre Linda et moi, et ils verraient que la vie n'est pas aussi simple que leurs stupides recettes. Comme si le mal n'existait pas ! Il suffit pourtant de regarder la première page du journal, d'écouter les nouvelles pour voir que les adultes sont hypocrites et qu'ils ne nous font absolument pas confiance. Comme si nous étions incapables de porter un jugement. C'est tuant. Si ce n'était des vidéos que je regarde pour leur côté plus provocant, je vendrais notre téléviseur à la vente de bazar qu'Esther et moi nous proposons d'organiser au printemps.

Trente minutes que Linda se fait tremper et tente de se régénérer le système. Je ne sais vraiment pas comment elle fait. Personnellement, après quinze minutes dans l'eau chaude, j'ai l'impression que je vais me transformer en reptile qui mue. Ça doit être le Martini et les cigarettes. Je passe devant la porte de la salle de bain. Le plancher craque.

– Suzie ?
– Oui…
– Tu peux entrer.

Le bain a fait son effet. Son ton est calme. Je dirais même invitant. C'est rare. Je vais lui parler de ma peinture. La mousse est encore à ras bord. Elle fume une autre cigarette. Il y en a déjà trois dans le cendrier qui jure avec la céramique. Je déteste cela. Pourtant, elle sait lire. Elle sait que c'est écrit sur les paquets que ça peut causer le cancer et toutes sortes de maladies qui mènent inévitablement à la mort. Pourquoi est-ce qu'elle fait cela ? Elle veut mourir ou quoi ? M'abandonner une nouvelle fois ? Elle me sourit.

– Ta journée ?

– Bien. Toi ?

– À six heures, j'étais tellement fatiguée que j'ai failli oublier Mme Bertrand sous le séchoir.

– Tu travailles trop.

– Il faut payer la maison.

– Je sais.

Il y a un long silence. Elle tire sur sa cigarette, puis me regarde.

– T'as encore grandi.

– Je sais.

Je commence à trouver que la nature exagère un peu. Et mes seins qui ne cessent de prendre de l'expansion ! Pour me consoler, Esther dit que si je voulais, je pourrais faire une carrière de mannequin international, mais moi je ne suis pas intéressée par ce monde compétitif et superficiel où l'amitié ne veut rien dire. C'est à tout le moins ce que j'ai lu dans une revue qui traînait chez le dentiste.

– Tu vas bientôt me dépasser.

– Je dois tenir de mon père. Il devait être grand.

Je jure que c'est sorti tout seul. Je n'avais pas l'intention de provoquer quoi que ce soit. Linda l'a senti. Elle se contente d'ajouter :

– Pour ça, oui. Il était assez grand, ton père.

– Mon géniteur tu veux dire ?

– Si t'aimes mieux...

Est-ce qu'un miracle serait en train de se produire ? J'étais certaine qu'elle allait me lancer son éternel : « Tu vas pas encore recommencer avec ça ? Tu vois pas que je suis fatiguée ? ». Je dirais même qu'à la douceur de son ton, je peux me permettre de pousser mon enquête un peu plus loin. Je m'approche et m'assois au bord de la baignoire. La cigarette se consume dans le cendrier. Linda comprend et, sans s'exaspérer, l'éteint. Un vrai miracle.

– C'est bizarre que t'aies pas de photos de lui...

– Les mauvais coups, on essaie de les oublier.

– Ça veut dire que je suis un mauvais coup ?

– Je parle pas de toi, je parle de lui.

– T'as pas de photos de moi non plus.

J'avoue qu'ici, je suis plutôt fière de mon intervention. Juste ce qu'il faut pour amener subtilement le sujet.

– Pas de photos ? T'as trois albums complets, Suzie Bergeron !

– Pas de ma naissance jusqu'à trois ans.

– Tu le sais que j'ai perdu l'album. On a déménagé souvent.

Elle ment avec tant d'élégance ! J'ai pourtant observé sa réaction, je n'ai pas quitté son visage des yeux. Pas un muscle ne s'est tendu, rien. Même ses pattes d'oies sont restées immobiles. Si je ne savais rien, je ne pourrais vraiment pas me douter. Elle est habile, ma mère.

– À quel âge j'ai commencé à marcher ?

– À quel âge t'as commencé à marcher ?

Visiblement, elle ne s'attendait pas à celle-là. Quand elle répète la question, c'est toujours pour gagner du temps et, dans son cas, c'est un signe que son ordinateur est en marche.

– Ouf... tu devais avoir un an.

– C'est ordinaire.

– Pourquoi tu dis ça ?

– Je sais pas. Tout le monde marche à un an. Avec mes grandes jambes, j'aurais pas pu marcher à huit mois ? Ç'aurait été le fun.

– T'avais peut-être onze mois, je le sais plus. Je suis pas bonne dans les dates.

– Puis j'ai commencé à parler à quel âge ?

– Ah ! bien là... il faudrait demander ça à Solange.

– Solange voyageait avec nous autres ?

– Non, mais... on se parlait au téléphone. Elle me posait des questions sur toi. C'est elle qui a une bonne mémoire.

– Comment t'as pu oublier ces choses-là ?

– T'as parlé à un an et demi ! T'es contente là ? Excuse-moi si j'ai pas écrit l'heure, le jour, le mois, la minute !

Je n'ai plus besoin d'en ajouter. Je vois l'affolement, la panique, le trou noir dans son regard sombre. Dans son cas, c'est subtil, une fraction de seconde mais maintenant, j'ai la certitude que c'est moi le bébé dont ils font mention dans les articles.

– Je sais à quelle heure t'es née par exemple, ajoute-t-elle comme si elle voulait se reprendre. Le trente septembre à minuit vingt-cinq ! Un jour, si tu veux avoir ta carte du ciel, ça va être drôlement pratique.

– Je ne crois pas à l'astrologie, que je lui réponds avec un soupçon d'arrogance.

C'est plus fort que moi, j'ai besoin de me dissocier, de ne plus être avec elle. Depuis que je suis entrée dans la salle de bain, c'est trop confortable entre nous, trop beau, ça manque de naturel.

– Il y a des charlatans, mais il y en a aussi des vrais.

– Pourtant, les astrologues que t'as vus t'ont pas prédit grand-chose.

– À ce qu'il paraît, j'ai des belles choses qui s'annoncent pour la deuxième moitié de ma trentaine.

– Un autre bébé peut-être ?

– Suzie !

– Quoi !

– Tu le fais exprès pour être désagréable ?

– Pas du tout. Il y a des femmes qui ont des bébés jusqu'à quarante-cinq ans.

– Pas moi.

– On dirait que tu regrettes de m'avoir eue !

– Veux-tu me dire ce que t'as ?

– J'ai rien, j'ai faim…

– Dans ce cas-là, vas donc manger. Ça va te faire passer ton air de bœuf.

Frustrée, je sors sans rien ajouter.

La vaisselle d'hier traîne encore sur le comptoir. J'ai envie de quitter la maison sans souper mais, si je le fais, j'ai peur d'éveiller des soupçons chez Linda. Plus j'y pense, plus je regrette la dernière partie de mon intervention. Je n'aurais pas dû la provoquer ainsi. Après tout, elle était dans ses meilleures dispositions. Avec plus d'habileté, j'aurais pu en savoir davantage. L'idéal serait qu'elle avoue tout. À mon sens, ce serait la seule façon de réparer quelque chose. Mais peut-être a-t-elle des doutes maintenant ? Évidemment, j'imagine le pire : les crises, les colères, les cris, les larmes. Quand Linda s'y met… Nerveuse, je me lève et commence à préparer le souper. Un macaroni au fromage. Son plat favori.

J'entends l'eau passer dans la tuyauterie. De drôles de bruits s'élèvent, comme si quelqu'un manquait d'air. Décidément, un jour, cette maison va finir par s'écrouler. La porte de la chambre de Linda se referme bruyamment. Ah non ! ça y est, elle se rue vers le coffre ! Immédiatement, j'allume la radio et monté au deuxième. À dix mètres de la chambre, je ralentis, pour ainsi dire je glisse sur le plancher qui fait tout ce qu'il peut pour me trahir en craquant. Heureusement, j'ai prévu le coup : la radio est vraiment très forte. Lentement, je me penche et m'approche du trou de la serrure. Soulagée, je vois qu'elle est assise sur son lit. Si elle s'était doutée de quelque chose, elle serait déjà en train de retirer la plaque à l'intérieur de la garde-robe. Non, elle ne soupçonne rien. Pour Linda, ce n'était qu'une autre de mes désagréables crises d'adolescente. Elle passe une main dans ses cheveux courts, ce qui fait glisser la serviette entourant sa taille. Pudique, mon premier réflexe est de m'éloigner, mais je ne fais rien. Je reste collée au trou de la serrure pour regarder son corps dénudé. Ça me fait drôle de la voir ainsi. Dans le vestiaire de la piscine, j'ai déjà vu des femmes de son âge, mais d'observer le corps de ma mère me rend drôlement inconfortable. Ses seins sont beaucoup plus gros que les miens. Ses mamelons sont énormes aussi. J'imagine tous les hommes qui se sont approchés d'eux. Combien y en a-t-il eu ? Quarante ? Soixante ? Cent ? Sur le coup, je me trouve ridicule de spéculer de la sorte. Je devrais m'en aller et la laisser tranquille. Après tout, je n'aimerais pas qu'elle m'espionne ainsi. Le plus délicatement du monde, je me redresse et amorce mon retrait, mais au même moment, des pleurs s'élèvent derrière la porte. Je fige un instant afin de m'assurer que ce n'est pas mon imagination, mais à ma grande surprise, les sanglots sont réels. Sans réfléchir, je retourne au trou de la serrure pour regarder de nouveau. La joue appuyée contre sa main, Linda sanglote. Des spasmes secouent son ventre. Elle expire et recommence encore et encore. Je me sens terriblement coupable. Notre conversation l'a blessée. Sans plus attendre, je me retire et m'éloigne en direction de la cuisine. Dans les circonstances, le macaroni au fromage est encore ce que je peux lui offrir de mieux.

Et je n'ai pas tort.

— Ça sent bon, lance-t-elle quand elle fait son entrée presque une heure plus tard.

— Je t'ai laissé du macaroni.

— Merci beaucoup.

— Je m'excuse pour tantôt. J'ai eu une mauvaise journée à l'école.

— Ça m'arrive aussi. Je peux comprendre ça.

Nous nous regardons un moment sans rien dire. Il est facile de voir que ses yeux sont encore rouges. Malgré l'envie que j'ai de la serrer dans mes bras, malgré l'envie que j'ai de prendre soin d'elle comme d'un animal blessé, je n'en fais rien.

— Esther m'attend.

Sans me retourner, je sors de la maison.

Dans la rue, je me sens extrêmement coupable. La culpabilité, c'est presque devenu une maladie dans mon cas. Pourtant, je n'ai rien fait de criminel, je n'ai posé que des questions légitimes sur mon enfance. Après tout, Esther a un livre complet racontant ses aventures de zéro à cinq ans. Toutes les dates importantes sont inscrites : ses premiers pas, son premier mot, ses vaccins. Dans des petits sacs en plastique, il y a même ses mèches de cheveux, ses ongles coupés et, ce que je préfère, sa première dent de bébé. C'est merveilleux de penser qu'une mère vous a aimée de la sorte. Surtout qu'à la télé, ils ne cessent de répéter que tout se joue avant cinq ans. Comment devrais-je me sentir, moi qui n'ai que les deux dernières années à me rappeler ? Comment vais-je pouvoir me développer sans être affligée d'un horrible désordre mental ? J'ai encore ce gros poing installé dans le creux de mon ventre. Pire que mes menstruations, que je déteste. Si c'est ce que ça représente, devenir une femme, l'avenir est prometteur ! Je prends de grandes inspirations pour tenter de me calmer.

Et pourquoi Linda pleure-t-elle au juste ? Était-ce de m'avoir abandonnée ou simplement de m'avoir reprise ? Après tout, sa vie n'est pas simple avec moi. Éduquer une adolescente demande du temps, de l'énergie et de la patience. Pour l'énergie, elle est douée mais pour le reste, elle échouerait sans doute à l'examen du ministère ! Linda ne se drogue plus, mais elle boit souvent, au moins deux verres tous les jours. Est-ce qu'elle est alcoolique ? Je me retiens souvent pour ne pas appeler au magazine télévisé pour leur poser la question. Pour masquer ma voix, je pourrais coller un morceau de tissu contre le combiné, mais je n'en ai pas le courage. Je ne veux peut-être pas le savoir, mais, ce qui me semble évident, c'est qu'elle ne transpire pas le bonheur. Quand elle est en colère, mode supérieur, elle me dit souvent que je ne suis qu'un embarras, un boulet dans sa vie. Bien sûr, quand elle est dégrisée, elle ne tarde jamais à s'excuser, mais mon journal, lui, n'oublie pas. Dix fois, qu'elle m'a joué la scène de la mère incomprise. Dix fois, c'est beaucoup pour mon cœur. Parfois, j'ai peur de lui ressembler. Est-ce que le malheur est aussi contagieux que le rhume ? Suis-je, moi aussi, génétiquement vouée à la tristesse et à l'aigreur ?

Je marche lentement. Sur sa pelouse, en face de l'église, affairée à ramasser les feuilles mortes, ma professeure de troisième année m'envoie la main.

— Allô ! Suzie. Comment tu vas ?

— Très bien.

Menteuse, qu'elle devrait me répondre, regarde ton air.

— Le secondaire ?

— Très bien.

Respectueuse, elle n'insiste pas, elle voit bien que je ne suis pas là, que je n'ai pas envie de parler. Elle connaît le monde de l'adolescence, elle. J'aurais sans doute aimé être sa fille. Si on pouvait choisir nos parents ! Quelle aurait été ma vie avec mes parents adoptifs ? Je me demande comment ils ont réagi quand le juge leur a ordonné de me remettre dans les bras de Linda ? Ça devait être horrible. Après tout, j'étais devenue leur fille. Quand ils m'avaient accueillie dans leur demeure, c'était pour la vie, pour le meilleur et pour le pire. Comment ma mère a-t-elle pu faire une chose pareille ? Ah ! je n'en peux plus de me torturer l'esprit ! Cette histoire d'adoption est devenue une obsession. J'imagine que c'est parce que je suis malheureuse avec ma mère. Si j'étais habitée par le bonheur, je n'y penserais déjà plus. Respire Suzie, respire, que je me répète, tu vas passer du bon temps à la salle de quilles. Et après ? Je vais revenir chez moi et il y aura une autre nuit à ne pouvoir fermer les yeux parce que le poids de cette découverte est trop lourd. À l'adolescence, on s'affirme, on se pavane, on se montre fort mais, en ce qui me concerne, je vois que ma carapace n'est pas encore étanche. C'est pourquoi, quand je me retrouve au milieu du lac et que la rafale est trop forte, j'ai peine à avancer. Il faut que je nage, mais j'en suis incapable. J'ai beau regarder vers l'avant, la traversée me semble si longue, l'eau si noire que je suis épuisée. Je me demande s'il ne serait pas préférable de me laisser aller. Attendre que l'intérieur de mon corps se remplisse d'eau et que je coule à pic pour aller retrouver le monstre du Loch Ness et toutes ces légendes. Ça ne doit quand même pas prendre plus d'une minute avant d'être engloutie ? Je vous en supplie, Dieu, si vous m'entendez, faites quelque chose pour moi ! Me voilà à l'implorer. Je suis vraiment perdue, moi qui, la semaine dernière, jurais à Esther qu'Il n'existait pas. Vraiment, je suis devenue l'ombre de moi-même. Je ne me reconnais plus.

Je dois faire quelque chose avant qu'il ne soit trop tard.

Chapitre III

J E NE VAIS pas recommencer à balancer tous mes états d'âme, mais les quatre derniers jours ont été la réplique exacte de la semaine précédente. Des armées de questions sans réponses, des heures d'angoisse à endurer le silence de mes réflexions. Mais comme par magie, ce matin en ouvrant les yeux, j'ai vu ma vérité à moi. Je ne crois pas qu'elle soit la même pour tout le monde mais, tout à coup, je ne me perdais plus en interrogations, je n'avais plus peur de couler à pic au milieu du lac. Je savais aussi que j'avais besoin d'Esther pour mettre à exécution les plans de ma destinée.

Le petit coin lecture de la bibliothèque est tout indiqué pour rencontrer ma future complice. Par la fenêtre, j'aperçois Esther qui s'approche. Elle porte son nouveau manteau de cuir. J'ai encore du mal à croire que c'est l'œuvre de sa mère tant le vêtement a du style. Depuis que monsieur Tremblay a perdu son emploi de boucher et ne travaille plus qu'à l'hôtel comme cuisinier durant la saison estivale, la famille doit se serrer la ceinture. C'est pourquoi depuis trois ans, Rachel coud tous les vêtements de sa progéniture. Au début, Esther était fortement récalcitrante — je dois avouer que je l'aurais été, moi aussi — mais, depuis six mois, les talents de Mme Tremblay se sont franchement développés. Finies les insultes des camarades ! D'amateure, la couturière est devenue une véritable professionnelle. Par conséquent, Esther retire maintenant beaucoup de fierté à afficher ses dernières créations. Et hier fut un moment particulièrement jouissif pour mon amie quand, « Barbie Lysanne Pepsodent » s'est exclamée, en voyant son manteau à la Indiana Jones :

— Esther, pour l'amour, veux-tu me dire où t'as trouvé ta veste de cuir ? Ça fait des mois que j'en cherche une pareille.

— Tu vas continuer à chercher longtemps parce que c'est une création.

— C'est pas ta mère qui l'a faite, certain ! Je te crois pas.

— Combien tu gages ?

Évidemment, j'ai confirmé l'affirmation de mon amie. Lysanne s'est alors faite doucereuse.

— Je peux l'essayer ?

Je m'attendais à ce qu'Esther l'envoie paître illico. Après tout, elle aurait eu toutes les raisons du monde de rabrouer la nouvelle blonde de Martin Bellerose mais, le plus naturellement du monde, elle a retiré son manteau et l'a tendu à Lysanne. J'en croyais pas mes yeux.

— Tiens…
— Wow ! Il m'en faut un comme ça.

Et c'est vrai qu'il lui allait comme un gant. Sa blonde crinière se mariait parfaitement avec le brun du vieux cuir.

— Esther, est-ce que tu penses que je pourrais demander à ta mère de m'en faire un ? Bien entendu, je la payerais le prix que ça vaut. Puis le prix a pas d'importance.

Mais Esther s'est contentée de lui dire que les créations de sa mère étaient réservées aux membres de sa famille. Point à la ligne. Elle n'a même pas été arrogante en disant cela. Mais la connaissant, j'ai vu dans ses yeux l'éclair de satisfaction. J'ai vu que la fierté ne s'achète pas.

— Suzie, si tu savais comment je vais bien dormir ce soir, si tu savais…

En entrant dans la bibliothèque, Esther consulte l'horloge sur le mur. Il est sept heures. Trois minutes de retard.

— Excuse-moi, il a fallu que je me batte avec Jean-François pour avoir la salle de bain. L'air allusif, une moue dessinée sur ses lèvres, je vois bien qu'elle meurt d'envie de m'annoncer le dernier potin.

— Je pense que mon frérot a commencé à découvrir qu'il pouvait jouer avec son corps.

J'ai trouvé des revues cochonnes sous son matelas. Je lui ai dit que, s'il le faisait trop souvent, ça pouvait le rendre sourd.

— Laisse-le tranquille, il a le droit…

— Pfou… pour acheter ma discrétion, il va faire tout ce que je veux durant les deux prochaines semaines.

Nos rires tranchent aussitôt avec le silence royal qui règne ici. Mme Florentine, la bibliothécaire, se contente de nous regarder avec son air de vieille corneille. Nous comprenons et nous nous dirigeons à l'autre bout de la biblio. Évidemment, Esther n'enlève pas son manteau malgré la chaleur suffocante.

— T'as l'air plus en forme, je trouve, dit-elle prudente.

— Oui, je vais beaucoup mieux.

Je la sens détendue. Ses épaules s'affaissent et un sourire bienvenu se dessine sur les lèvres d'Esther.

— Ouf ! Je t'avoue que j'avais peur que tu repartes dans ton drame d'adoption.

Et là, elle s'empresse de pointer son index vers moi avant d'ajouter :

— Puis là, je veux pas dire que ce que t'as vécu est pas important. J'ai juste l'impression de t'avoir dit tout ce que je pouvais pour t'aider.

— Moi aussi, j'ai radoté tout ce que je pouvais radoter. C'est pour ça que je t'ai fait venir. J'ai pris une décision.

— Une décision ?

Esther s'efforce d'afficher un air ouvert, mais la connaissant, je sais que je la prends par surprise.

— Esther, j'ai besoin de ton aide.

— Pourquoi faire ? Tu veux quand même pas que je parle à Linda ?

— Non... surtout pas...

— Ouf...

Je lui demande alors de devenir mon alliée. Elle l'était déjà en partageant avec moi mon secret, mais cette fois-ci, je vais savoir si nous avons eu raison de graver le « pour toujours » près de nos initiales sur le rocher au bord du fleuve.

— Tu promets que tu capoteras pas ?

— Oui, oui...

— Je veux me rendre à Montréal. Je veux rencontrer les parents qui m'ont adoptée.

— Mais t'es complètement folle ! explose-t-elle.

— Esther, tu m'as promis !

Pour la forme, elle baisse le ton, mais il y a encore de la dynamite dans son regard. Ironique, elle ajoute :

— Qu'est-ce que tu veux leur dire ? Allô ! c'est moi, votre ex-fille !

— Ça, je le sais pas encore, mais je veux les voir, c'est tout ce que je sais.

Esther ne répond rien. Dans mon cœur, ma tristesse regagne du terrain. Même ma meilleure amie ne comprend pas le besoin que j'ai de les revoir.

— Esther... j'ai essayé de faire semblant, de faire comme si je savais rien, mais c'est pire, tu comprends ? Si je fais rien, je vais devenir folle.

— Tant que ça ?

— Oui.

— Puis s'ils ne veulent pas te rencontrer ? Ça se peut.

— Dans ce cas-là, je reviendrai mais, au moins, j'aurai essayé.

— Mais pourquoi ?

— C'est dur à expliquer, mais j'ai besoin de voir quel genre de famille j'aurais eue.

— Une famille, c'est une famille.

— Pour toi, c'est facile de dire ça. T'en as une. Une vraie. Si tu savais comme je suis contente quand ta mère m'invite à souper, quand je dors chez vous. Quand tu me racontes vos Noël, vos jeux, les danses. Chez nous, c'est toujours tranquille, ennuyant. Il se passe rien.

Esther ne répond pas. Pour la première fois de sa vie, elle voit combien je l'envie et la trouve privilégiée.

— C'est pour ça que je veux aller les rencontrer. Tu penses vraiment que je suis folle ?

Elle répond que non.

— À bien y penser, je voudrais probablement faire la même chose.

— C'est vrai ?

Esther hasarde un sourire complice. Sous la table où nous sommes assises, elle avance ses genoux vers les miens. C'est comme la plus belle des caresses.

– Tu veux partir quand?

– Je voudrais profiter des journées péda-
gogiques de jeudi et vendredi.

– Tu vas dire quoi à Linda?

– C'est là que j'ai besoin de toi. Ce soir, tu
viens souper chez moi, puis on va lui demander si je peux t'accompagner à Québec chez ta
tante Dolorès.

– Juste ça?

Visiblement, elle ne saisit pas l'implication
de ma demande.

– Ça veut dire qu'il va falloir que tu te fasses
discrète le reste du temps. Tu comprends, il faudrait pas que Linda te croise dans le village…

Ses yeux exorbités me prouvent qu'elle
vient de saisir l'ampleur de ma requête, mais
solidaire, elle s'efforce de ne pas s'emporter.

– Ça veut dire que je vais passer deux
jours sans mettre le nez dehors?

– Si on veut…

Pour minimiser la suite, je m'invente de
petits yeux bridés, repentants.

– Quoi? Ce serait plus que ça?

– En principe non, mais si jamais j'ai de la
difficulté à les retrouver, il faudrait que je profite de la fin de semaine.

– Quatre jours! Tu veux que… mais je
vais mourir!

– Tu veux pas?

– C'est pas ça mais…

– Je vais faire quoi pendant ce temps-là?
Des blocs Lego?

Pour détendre l'atmosphère, je lui dis qu'elle pourra toujours faire la même chose que son frère Jean-François. Esther m'assassine du regard.

– C'est une farce, Esther…

– Très plate !

Mon excuse ne semble pas la satisfaire. J'insiste.

– Tu pourras me demander tout ce que tu veux à l'avenir…

– Ah ! puis c'est pas ça qui m'énerve…

– C'est quoi ?

– C'est ton plan de fous.

– Tu m'as dit que tu ferais la même chose.

– Je comprends que tu veuilles rencontrer ton autre famille, mais… plus j'y pense plus je me dis que ç'a pas de bon sens. Où tu vas aller à Montréal ? Tu connais personne, à ce que je sache.

– Je sais pas encore.

– Brillant ! Puis comment tu vas faire pour retrouver tes parents ? Leurs noms étaient pas écrits dans l'article. Et au cas où tu l'aurais oublié, Montréal, c'est pas un village, c'est grand !

– As-tu d'autres questions ?

– J'attends ta réponse.

– J'ai noté le nom de l'avocat qui les défendait. Je vais commencer par là. Contente, madame l'inspecteur ?

Visiblement, je viens de marquer un point. Le visage rondelet de mon amie se détend un peu.

— Puis l'argent ?

— J'ai l'argent pour l'autobus. Pour le reste, c'est pas un tour du monde que je veux faire. Au plus, c'est pour quatre jours. Probablement deux. Puis si j'en manque, je vais quêter. Ça se fait beaucoup en ville. J'ai vu ça dans un reportage.

— Une quêteuse ! Heille ! je vais pas te laisser partir à Montréal comme ça ! T'écoutes pas les nouvelles ? Les disparitions ? Les viols ?

— Premièrement, je ne te demande pas ta permission puis deuxièmement, je t'ai toujours dit que tu regardais trop la télévision.

Quand elle se met à me faire la morale, elle ! Une vraie Solange ! Je devrais me lever et l'envoyer se perdre à la salle de quilles, mais je ne fais rien. Je reste là, à braver ce regard que je déteste tant. Cet air qui ne se gêne pas pour me laisser savoir qu'elle sait que je sais qu'elle a raison.

— On dirait que tu travailles pour la police !

— Essaie pas de faire ta *smart*. Si tu te prépares pas mieux que ça, c'est la police qui va te ramasser. Morte !

— Merci de ton encouragement !

— Tu vas dormir où ? Sur un banc de parc ?

— Je le sais pas…

— Montréal, tu t'imagines que c'est un pays chaud ou quoi ? L'été des Indiens, c'est fini là-bas aussi.

Le doute et la panique sont sur le point de lui donner raison, mais ma petite voix intérieure se moque de la mauviette que je suis. Si j'annule tout, ce sera le retour de mes longues nuits d'insomnie, le retour des heures interminables à penser à ces parents inconnus, à mon autre vie, à...

— De toute façon, quoi que tu dises, c'est décidé, j'y vais !

À l'instant, le regard d'Esther se transforme en détecteur de mensonges. Elle veut être certaine que je ne bluffe pas. Après tout, il est vrai que je n'ai pas la réputation d'être une grande aventurière. Entre nous, c'est toujours Esther qui va au-devant des obstacles et j'avoue que, la plupart du temps, ça me soulage, mais là, je dois lui prouver ma supériorité. Et c'est sans doute ce qu'elle perçoit parce qu'après cette valse de silences, son air sceptique disparaît enfin. Après, je la sens moins fermée, on dirait même qu'elle me regarde avec une certaine tristesse comme si, durant quelques secondes, elle était parvenue à se mettre dans ma peau.

— Suzie... est-ce que tu veux que j'y aille avec toi ?

Je devrais être touchée mais, sans savoir pourquoi, je reste de glace. Il est vrai que je suis catastrophée à l'idée de me retrouver seule dans la métropole et, penser qu'elle puisse m'accompagner m'enlève un poids énorme, mais en même temps, c'est étrange, ça me rend terriblement mal à l'aise. Si je retrouve mes parents adoptifs, je n'ai pas envie qu'Esther soit à mes côtés pour me chaperonner. Ni elle, ni personne. C'est trop intime, trop personnel. Après, je lui raconterais tous les détails, mais je veux lui raconter, justement. Dorénavant, c'est à moi de vivre mon histoire. Pour ne pas l'offusquer, je cherche la phrase magique pour refuser son offre, mais elle a déjà sorti le porte-monnaie mauve que je lui ai offert au Noël dernier.

Le regard plein de tendresse, elle m'offre un billet de vingt dollars. Le résultat de ses deux dernières soirées de garde chez Lison Mailloux.

— Esther…

— Sinon je te laisse pas partir. Et s'il arrive quelque chose, je veux que tu m'appelles. Promis ?

— Oui.

Émue, je tends la main pour prendre le billet. Reconnaissante, je lui souris et ne fais rien pour retenir les larmes qui surgissent.

— Pour toujours…

C'est tout ce que je trouve à chuchoter tant je suis bouleversée par son geste. Comme les deux plus grandes amies du monde, nous sourions à cet avenir qui me fait signe.

Chapitre IV

Nul n'est jamais parvenu à appri-
voiser un loup. Pour s'épanouir, il a be-
soin de la grandeur des forêts. En cage, il
n'est que l'ombre de lui-même. Il ne peut
que mourir.

CES QUELQUES LIGNES de mon cru, grif-
fonnées dans mon journal, résument
exactement le sentiment qui m'habite. C'est
aussi ce que je voudrais avouer à Linda avant de
disparaître chez Esther pour ma dernière nuit
aux Éboulements, mais je n'en fais rien. Je me
contente de poireauter devant la sécheuse. J'ai
tenu à laver mon chandail rouge avant de partir.
De toute ma garde-robe fripée, c'est définitivement celui qui a le plus de panache. Et si je suis
pour rencontrer mes parents adoptifs (je ne sais
jamais comment les appeler, ceux-là) je tiens à
me présenter sous mon meilleur jour.

– Comme si t'avais pas assez de chandails, il fallait que tu laves ton maudit rouge !

Linda est assise au bout de la table avec sa tasse de café et sa cigarette. Fume ! Étouffe-toi avec ta drogue ! Mais, ne voulant pas envenimer la situation, je me contente d'ouvrir la porte de la sécheuse, de plier mon chandail et de le fourrer dans mon sac.

– Il est neuf heures. Tu veux que j'aille te reconduire chez Esther ?

– Non, non… j'ai le goût de marcher.

Dans la petite cuisine de cette petite maison d'un petit village, un autre de ces interminables malaises s'interpose entre nous.

– À Québec, soyez prudentes.

– Bien oui, tu me connais.

– Tu me laisses pas ton numéro de téléphone ?

– En fait, on va être à la tente-roulotte dans le nord de Québec à partir de demain.

– Tu m'avais pas dit ça.

– Ça s'est décidé aujourd'hui. C'est la dernière fin de semaine avant qu'il range la roulotte pour l'hiver. Ça va être trippant, on va être dans le bois.

– Si j'ai besoin de te parler ?

– Oublie-moi pour quatre jours. Ça va te faire du bien de te retrouver toute seule. Pense à toi pour une fois.

Je suis la pire des menteuses. N'est-ce pas ce que je lui reproche depuis la découverte des articles ? De m'avoir menti ? De n'avoir pensé qu'à elle ? Je devrais lui faire la pire des crises, m'assurer que les quatre prochains jours soient les plus horribles de son existence, mais avant que je n'aie le temps de dire quoi que ce soit, elle s'est déjà levée et s'approche de moi pour m'embrasser sur la joue. À ma grande surprise, elle sort un billet de vingt dollars de la poche de son jean.

– Sois prudente...

Pourquoi est-ce qu'elle fait ça ? Pourquoi est-ce que, tout à coup, elle me regarde avec ses yeux de vraie mère ? Fautive, je la remercie en l'évitant du regard, mais Linda me serre dans ses bras. Mal à l'aise, ne sachant plus comment tolérer son étreinte, je me penche vers mon sac, le ramasse et sors rapidement de la maison. Je ne veux pas changer d'idée !

Heureusement, je ne reste pas longtemps dans cet état. Je ne sais si c'est le vent glacial qui me fouette les sens mais, dès que je me retrouve dans la rue Principale, j'ai à nouveau la certitude d'avoir raison de faire ce voyage. Après tout, je ne m'en vais pas à la guerre rencontrer la bombe atomique, je vais simplement chercher la vérité dont j'ai besoin pour grandir. Écrit de cette façon, ça m'apparaît tout simple. À l'instant même, je pense à tous ces bébés orphelins, trahis par leurs géniteurs. Je m'imagine dans les bras de mes parents adoptifs au moment où Linda est venue me reprendre. Comme j'ai dû crier sans comprendre ce qui m'arrivait, comme ils ont dû pleurer ! Comment un juge a-t-il pu penser que c'était dans mon intérêt de vivre pareil traumatisme ? Linda regrettait son geste mais, dans la vie, il y a de ces décisions qu'on n'a pas le droit de regretter. Quelles que soient les raisons, on ne doit pas trahir son enfant. Jamais ! La vie n'est pas un terrain de jeux. Ce soir, c'est ma seule certitude.

Et tout l'amour de Linda ne peut rien effacer.

Après les quelques mots de politesse adressés aux parents d'Esther, il est près de dix heures quand nous refermons la porte de sa chambre. Esther enfile son pyjama léopard, je conserve mon t-shirt et mes sous-vêtements. Rapidement, nous nous retrouvons sous les couvertures en flanelle rose et turquoise. Le lit est chaud, invitant. En habile menteuse, ma douce amie a tout planifié. Le lendemain matin, son père nous conduira jusqu'à Baie-Saint-Paul où j'ai soi-disant un rendez-vous chez le dentiste qui, comme par hasard, se trouve à proximité du terminus d'autobus. Je dois ensuite aller rejoindre une copine avec qui je passerai les deux prochains jours. Esther et son père retourneront donc aux Éboulements sans que ce dernier ne se pose de questions à mon sujet. Et moi, j'achèterai mon billet pour Montréal.

— Il ne t'arrivera rien, hein ?

Une impression de vertige s'empare de moi, mais je ne veux pas céder au découragement. Plus maintenant. Je dois foncer.

– Tout va bien aller. Avec mon argent de poche, ton cadeau et celui de Linda, j'ai presque cent dix dollars.

– Dis-moi pas que tu vas aller faire ta fraîche à l'hôtel, Suzie Bergeron?

– Champagne pour tout le monde!

Nous rions tout bas pour ne pas attirer l'attention de ses parents. Esther éteint:

– Il faut que tu dormes.

Sous la couverture, nos pieds se touchent. Ça me fait un bien terrible. Je me sens plus forte. Je me dis que je dois conserver cette impression jusqu'au lendemain. Les rayons bleutés de la nuit pénètrent dans la chambre. Je ferme les yeux.

– Je vais penser à toi, Suzie…

– Moi aussi… Esther, j'oublierai jamais ce que tu fais pour moi. Jamais.

J'ai peut-être rassuré Esther mais moi, je suis loin de l'être. Je me rappelle avoir lu un article de journal sur la disparition de deux jeunes filles à Montréal. Et si ça m'arrivait? Je marche dans la rue, un maniaque m'interpelle, m'assassine au fond d'une ruelle et je ne revois plus jamais mon amie. J'ai encore trop d'imagination. Il ne m'arrivera rien. Il faut que je chasse ces horreurs de mon esprit. Je pense à mon cœur qui fait circuler le sang dans mes millions de conduits. Pourquoi est-ce qu'on dit que c'est le cœur qui a du chagrin? Évidemment, s'il s'arrête, il n'y a plus de larmes possibles, mais la tristesse et la peur, ça vient d'où ? Si au moins je pouvais m'endormir. J'ai besoin de repos pour les prochains jours. Je dois oublier ces lugubres scènes de ruelle et m'efforcer de penser à quelque chose de beau.

– Esther ?

Mon appel est sans réponse. Mon amie pousse un premier ronflement. J'aurais envie d'être égoïste et de la réveiller pour qu'elle me tienne compagnie, mais je me contente de la regarder parler avec les anges. À cause de l'automne et l'absence de soleil, son visage est tout pâle. Elle ressemble aux pierrots que l'on voit dans les magasins de cadeaux. Endormie, elle paraît si vulnérable, si différente de l'amie déterminée que j'ai l'habitude de côtoyer ! Le sommeil est un autre mystère pour moi. Où est-elle présentement ? À quoi pense-t-elle ? Quels sont ses rêves ? Si au moins on pouvait les programmer comme on choisit une vidéocassette au dépanneur. J'ai beau fermer les yeux à mon tour, je sais que la nuit sera longue.

Chapitre V

DEBOUT sur le trottoir, mon sac à dos à mes pieds, je regarde Esther qui me fait des saluts par la glace arrière de la voiture de son père. En vraie mauviette, je suis tentée de lui crier de rester avec moi, mais je me contente de regarder la vieille Oldsmobile tourner le coin. Je réalise alors combien l'écart entre l'envie de revoir mes parents adoptifs et la réalité est immense.

Et si je pardonnais simplement à Linda ? Pourquoi n'aurait-elle pas droit à l'erreur comme tout le monde ? Des meurtriers sont pourtant remis en liberté après quelques années. En fait, le pardon serait la solution la plus simple et la plus louable. Comme on nous l'enseigne dans les émissions pour enfants. Après tout, avant que je ne découvre ce coffre, je ne me portais pas si mal. Je n'étais pas heureuse, mais pas au bord du suicide non plus. À tout le moins, pas déterminée à passer aux actes. Je trouverais facilement une excuse pour expliquer l'annulation de notre fin de semaine. Oui, je vais retourner à la maison. Au même moment, j'imagine une belle et grande maison, un jardin avec des fleurs, un couple, une petite fille qui marche en poussant des cris de plaisir. C'est moi ! J'imagine mon sourire, je suis poursuivie par un gros chien qui me lèche la joue quand je tombe. Alors, je comprends que ce voyage n'a rien à voir avec Linda. Au fond, je n'ai pas envie de me venger. C'est mon passé que je veux retrouver. Je veux savoir à quel âge j'ai marché, je veux savoir qui je suis. Peut-être ont-ils encore mes photos ? Peut-être ont-ils ma première dent, mes premières mèches de cheveux ? Je veux des preuves de mon passé afin de cesser de me poser toutes ces questions. Voilà ! c'est viscéral ! C'est pour ça que je ne céderai pas à la peur. J'ordonne à mes jambes de se mettre en marche.

Le soleil a beau briller, nous sommes définitivement plus près de l'hiver que de l'été. Je claque des dents. Évidemment, je ne monte pas les escaliers qui mènent chez le dentiste. Je regarde plutôt, en face, la gare d'autobus. Je peux aussi voir les premiers nuages qui assombrissent l'horizon. Pourvu qu'il ne neige pas ! C'est congelée au fond d'une ruelle qu'on me retrouverait. Je lève les épaules pour empêcher l'air glacial de s'infiltrer par le col de ma veste en cuir. Un prêt d'Esther, pour me porter chance.

L'autobus est à l'heure. Je parviens à dénicher un banc aux trois quarts du véhicule. Esther m'a bien prévenue d'éviter la proximité des toilettes : « C'est trop risqué pour l'odorat » ; « Il paraît qu'il y a des rats qui grouillent… » Soulagée, je m'assois en souhaitant que ma vessie fonctionne au ralenti pour les prochaines heures. Avec un peu de chance, personne ne va s'asseoir à mes côtés. Je n'ai surtout pas envie de faire la conversation. Tout ce que je souhaite, c'est de pouvoir dormir et rattraper mon manque de sommeil. Je prie pour que le chauffeur referme la portière aussitôt, mais un jeune homme dans la trentaine grimpe à bord. À l'observer, je déduis qu'il a mangé beaucoup de chocolat. Beaucoup trop ! Il jette un coup d'oeil dans ma direction. J'affiche mon air le plus désagréable et m'empresse de brancher mes écouteurs. Ma tête lui indique que j'écoute de la grosse musique *heavy*. Je suis une punk paranoïaque, une asociale de la pire espèce. Du coin de l'œil, je vois qu'il choisit le siège à côté du monsieur habillé en complet. Je savoure intimement ma victoire. C'est mince mais, pour la première fois depuis deux semaines, j'ai l'impression d'avoir gagné quelque chose. C'est peut-être un signe m'annonçant que tout va se dérouler parfaitement. Ce matin, j'aurais dû accepter l'offre d'Esther qui voulait me lire mon horoscope de la journée.

71

Même si je n'y crois pas, il aurait été bon d'entendre que j'allais vivre la plus belle journée de mon existence. Sentant renaître l'optimisme, je m'installe confortablement sur mes deux bancs. Le chauffeur referme la portière. Je bâille et ferme les yeux.

Montréal. Une vieille dame me secoue l'épaule car nous sommes arrivés. L'autobus est déjà presque vide quand je pousse un nouveau bâillement. J'aime croire qu'Esther a versé l'un des somnifères de sa mère dans mon Nestlé Quick pour me faciliter le voyage. Je me sens moins seule. Rapidement, je ramasse mon sac et descends.

Ma première impression est que c'est horriblement sale et vieux. Sans hésiter, je pousse la porte vitrée pour entrer dans la gare. Une série de téléphones font face à un mur recouvert de graffiti de toutes sortes. D'après ce que je peux lire, la chose sexuelle est populaire au pays du Stade olympique. En attendant qu'un appareil se libère, je récapitule ma journée afin de bien indiquer au destin ce que j'attends de lui. Si tout va pour le mieux, je me retrouve au bureau des avocats Ménard dans moins d'une heure. En fin d'après-midi, je contacte mes adoptifs qui, euphoriques, m'ordonnent de ne pas bouger et viennent me chercher pour m'amener chez eux. En mangeant dans leur superbe salle à manger, nous nous racontons nos vies et j'ai cette impression magique de ne les avoir jamais quittés. Bien sûr, il est exclu que j'aille dormir dans une minable chambre d'hôtel. Ils veulent me garder à coucher et…

Un téléphone se libère. Je parle d'abord avec une machine mais, devant mon manque de précision, une dame intervient rapidement :

— Pour quelle ville ?

— Montréal…

— Le nom ?

— Un bureau d'avocats qui porte le nom de Ménard…

— La rue ?

— Je sais pas.

— Ménard… je vais voir ce que j'ai…

Anxieuse, j'anticipe déjà la pire attaque de boutons sur mon pauvre front.

— Mademoiselle, j'ai trois possibilités…

Son ton est détestable, sa voix criarde.

— J'ai Ménard et fils sur Sherbrooke, Ménard et Bouchard sur l'avenue du Parc et Jean-François Ménard sur Peel.

— Euh… je sais pas… le nom que j'avais était Ronald Ménard.

— J'ai rien à ce nom. Désolée.

— Il n'y a rien ?

— Exact…

Je la sens sur le point de raccrocher.

— Est-ce que vous pouvez me donner les trois numéros ?

J'ai la désagréable impression que je viens de lui demander la lune tant son ton est exaspéré. Et après, on se demande pourquoi les grosses compagnies préfèrent les machines aux humains !

En soupirant, je regarde fixement les numéros notés sur ma feuille. J'ai beau tenter d'y chercher un signe du destin, rien ne se produit. Aussi bien y aller en ordre. Au pire, j'aurai dépensé soixante-quinze cents et il ne me restera plus que trente-neuf dollars et vingt-cinq pour parvenir à mes fins. Je sens un nouveau vent de panique me gagner. Depuis que je suis en terre montréalaise, je doute d'avoir le courage de passer la nuit dehors ou sur l'un des bancs de cette gare. En fait, sans l'avoir avoué à Esther, je n'en ai jamais vraiment eu l'intention. J'ai toujours pensé que je retrouverais mes parents adoptifs sans difficulté. Mais depuis que je sais que l'avocat Ronald n'existe pas, mon scepticisme est à la hausse. Je me sens comme l'ancre d'un bateau plongeant vers les profondeurs de la mer. Combien va me coûter une chambre dans cette ville qui transpire la solitude ? Au même moment, j'entends la voix ironique de l'ange Esther me rappelant que je peux toujours quêter. Très drôle ! Avant d'entendre le sermon de tante Solange, j'insère ma première pièce dans la fente de l'appareil. Une chose à la fois !

Au premier numéro, une dame me répond qu'il n'y a jamais eu de M. Ronald Ménard dans leur firme et qu'elle ne peut rien faire pour m'aider. Sans remords, je la remplacerais bien par une machine, celle-là. Pas plus de chance avec le second. Je me demande même si l'édifice d'où on répond n'est pas en flammes tant l'homme m'expédie rapidement. Il ne me reste que Jean-François Ménard, sur Peel. J'entends trois sonneries, puis la voix d'une jeune femme.

— Bureau de Jean-François Ménard, bonjour ?

— Bonjour, euh... j'aimerais savoir si vous connaissez un avocat qui s'appelle M. Ronald Ménard ?

— Oui.

« Oui ». Trois lettres pour le plus beau mot de la langue française. Excitée, je flotte maintenant comme la plus grande des nageuses synchronisées, mais sans le pince-nez ridicule.

— Est-ce que je pourrais lui parler ?

— C'est à quel sujet ?

Je sens que la voix est prudente. J'espère qu'elle ne va pas me jouer le coup du patron trop occupé. Je devrais lui dire que je suis la fille du premier ministre.

— Ce serait vraiment plus simple si je lui parlais en personne. C'est compliqué...

— Hum... c'est parce que M. Ménard est décédé il y a huit ans. Ici, c'est le bureau de son fils.

Mort ! Le seul avocat de la terre dont j'avais besoin est mort ! La vie est cruelle. Fini, le ballet aquatique ! Un requin affamé fonce vers moi.

– Mademoiselle ? Vous êtes toujours là ?

– Oui, oui… mais s'il est mort…

– Écoutez, vous devriez passer à notre bureau. Je vais voir si on ne peut pas vous aider.

Tout considéré, c'est encore ce que j'ai de mieux à faire. Après tout, monsieur l'avocat est mort, mais c'est son fils qui a pris la relève. Ça reste dans la famille. Peut-être sait-il quelque chose ? Sinon, ils ont sûrement conservé les dossiers.

– Le bureau est sur la rue Peel. C'est facile, vous allez prendre le métro.

Je l'arrête aussitôt pour lui demander si je peux m'y rendre autrement. Pour un Montréalais, prendre le métro est sans doute la chose la plus insignifiante au monde, mais pour moi, apprivoiser un nouveau moyen de transport semble au-delà de mes forces en ce moment. Chanceuse comme je suis, je prendrais sûrement la mauvaise direction et me retrouverais dans un quartier de la ville où les pires des escrocs m'attendraient !

Je viens de perdre quarante cents parce que le chauffeur d'autobus de la ville ne rend pas la monnaie. Personnellement, je pense que c'est du vol détourné, mais je n'ai pas le courage de me plaindre. D'autant plus que l'homme me tend un bout de papier. Le regard confus, j'essaie de lui faire comprendre que je ne sais pas de quoi il s'agit, mais je ne parviens qu'à l'impatienter.

– Correspondance !

– Je suis pas de Montréal. Je vais sur la rue Peel. Vous allez pouvoir me dire quand je vais être arrivée ?

Sans rien dire, l'homme chauve comme un œuf appuie sur l'accélérateur et remet son véhicule en marche pendant que je m'assois sur le premier banc près de la porte. Anxieuse, je le regarde fixement pour m'assurer de son aide, mais il ne fait rien. À ce que je vois, dans son autobus, c'est la loi du minimum qui prévaut. Grognon, il fixe son regard sur la rue jusqu'au prochain arrêt où quelques passagers descendent. J'en profite pour jeter un coup d'œil vers le centre-ville. Quand l'église est le plus grand édifice que vous côtoyez, se retrouver devant ces monstres est un spectacle impressionnant ! Je n'aurais pas voulu être l'ouvrier qui a posé la dernière brique au sommet du plus haut de ces buildings. Comment peut-on faire tenir de pareilles structures quand moi je suis incapable de faire lever un gâteau au chocolat ?

Il m'est de plus en plus difficile de lire le nom des rues à cause de la pluie qui attaque le pare-brise. Ma nervosité monte d'un cran, mais le chauffeur ne semble pas s'en soucier, puisqu'il vient de commencer à s'amuser avec l'intérieur de sa narine gauche !

Je crois pouvoir lire quelque chose ressemblant à la rue Gill. Peut-être suis-je déjà trop loin ? Ça doit faire plus de quinze minutes que je suis montée à bord. La réceptionniste m'a pourtant dit que ce ne serait pas très long. Je devrais descendre.

– La petite, Peel c'est au prochain arrêt.

Surprise que le zombie ne m'ait pas oubliée, soulagée, je le remercie d'un mouvement de tête. Une dame au manteau rose se lève et s'applique à recouvrir sa crinière blonde d'un sac de plastique. Je ne mets pas longtemps à m'apercevoir qu'il s'agit d'une mauvaise perruque. Linda en aurait pour quelques heures à lui donner un peu de style, à celle-là. Ça me fait drôle de penser à ma mère, soudainement. A-t-elle encore pleuré hier soir ? Des relents de culpabilité traversent ma mémoire, mais comme l'autobus s'immobilise, j'empoigne mon sac et descends.

La pluie froide qui s'infiltre par mon collet glisse lentement le long de mon cou. L'impression est horrible, comme une aiguille s'insinuant dans ma colonne vertébrale. Je m'empresse de repérer le numéro civique de l'édifice qui se trouve de l'autre côté de la rue. Les feux de signalisation tournent au rouge. Je voudrais courir, mais des voitures me bloquent déjà le chemin. Je vais être trempée, il pleut des clous maintenant. Immobile, j'attends sur le trottoir. Autour de moi, tout bouge en accéléré comme dans un jeu vidéo. Des voitures, des camions vrombissent. Des parapluies par dizaines sont déployés vers le ciel en colère. D'autres piétons moins prévoyants courent, pendant que je trépigne d'impatience. Enfin, le feu de circulation revient au vert.

En sortant de l'ascenseur, au dix-huitième étage, je peux lire le nom de Jean François Ménard sur le mur vitré. Ça sent le chic. Juste derrière, à travers les feuilles d'un énorme ficus, j'aperçois une femme aux cheveux blonds et courts. Je déduis qu'elle doit être la réceptionniste qui m'a répondu un peu plus tôt. Incognito, je longe le mur à la recherche des toilettes. Je ne veux pas qu'elle me voie tout de suite. J'ai besoin de me regarder dans la glace avant de l'affronter. En ce moment, j'ai l'horrible impression de ressembler à un caniche qui sort de son bain ! Et en la matière, je m'y connais car Solange en possède trois ! Soulagée, je reconnais le dessin de la petite dame en jupe sur l'une des portes.

J'ai raison de me méfier car je suis affreuse. Mes cheveux sont ratatinés en plusieurs couettes et ma ligne de crayon sous les yeux n'a pas résisté quand je me suis essuyé le visage. J'ai du noir partout. J'ai l'impression d'avoir passé la nuit avec une tribu d'aborigènes en pleine séance d'initiation. Heureusement, avec un peu d'eau et du savon, je parviens à me débarbouiller. Après, c'est au tour de ma brosse de faire le travail. Quand ma chevelure me donne un *look* moins hostile, je mets en marche le sèche-mains et m'agenouille devant le jet d'air chaud en espérant redonner un peu de corps à mes cheveux. La chaleur glisse jusqu'au creux de mon dos. C'est bon comme un chocolat chaud après une visite à la patinoire un soir d'hiver. Je ferme les yeux et, durant quelques secondes, je m'imagine disparaître dans le séchoir pour me retrouver sur une plage du Pacifique. Pourquoi là ? Tout ce que je sais, c'est que, quand je retourne devant la glace, je ne suis pas parfaite, mais je n'ai plus l'impression d'être l'un des stupides cabots de ma tante Solange. Je redessine ma ligne de crayon noir et m'efforce d'inventer mon premier véritable sourire de la journée.

La jeune femme est au téléphone. Gentiment, elle m'indique une chaise en cuir noir placée devant son bureau. Juste à ma droite, sur l'une des portes, le nom de maître Ménard est écrit en grosses lettres noires. Ça sonne l'importance. J'examine les toiles qui recouvrent les murs. Ce n'est rien de réaliste, que des couleurs qui se juxtaposent. Ça ne semble pas difficile, mais j'ai lu quelque part qu'il ne fallait pas se fier aux apparences. Ne devient pas Picasso qui veut.

Au téléphone, la conversation semble être sur le point de se terminer puisqu'ils en sont maintenant aux salutations. La dame me paraît être un peu moins âgée que Linda. Je ne sais trop pourquoi mais ça me rassure. Peut-être aurai-je moins l'impression de la trahir ?

— Tu dois être Suzie ?

— Oui, c'est ça…

J'aime la façon dont elle a prononcé mon nom. Le ton est aimable et chaleureux. Ça me réconcilie avec la race humaine.

– Je m'appelle Camille.

Elle remarque alors mes vêtements trempés.

– Il pleut vraiment beaucoup.

– Oui, je me suis séchée aux toilettes, mais…

Elle n'ajoute rien. Un silence plane. Je suis embarrassée.

– Qu'est-ce qu'on peut faire pour toi ?

Nerveuse, je commence à lui expliquer les raisons de ma présence.

Je lui épargne, bien sûr, l'épisode du coffre et tous mes conflits intérieurs avec Linda pour m'en tenir aux faits. D'après ce que j'ai retenu des films sur le sujet, c'est ce qui importe dans le milieu de la justice. Je me concentre donc sur ma naissance, l'adoption, les procès. Quelquefois, elle m'interrompt pour me demander une précision mais, toujours, le ton est respectueux, je ne me sens pas menacée.

– Et j'imagine que t'es ici parce que tu voudrais rencontrer les parents défendus par M. Ménard ?

Visiblement, la Camille a déjà vu neiger. J'acquiesce d'un mouvement de la tête, mais son air désolé me laisse comprendre que ce ne sera pas simple.

– Comme je te l'ai dit, M. Ménard est décédé il y a environ huit ans.

– Puis vous ne pouvez rien me dire parce que c'est confidentiel ?

– Il y a la confidentialité, c'est certain, mais le vrai problème, c'est que les dossiers de monsieur ont été détruits dans un incendie.

– Tous les dossiers ?

– Oui. Je vais quand même vérifier avec M. Jean-François, mais... Où est-ce que je peux te rejoindre ?

– Je vais attendre.

Malgré son sourire délicat, je décode qu'elle me trouve un peu naïve.

– M. Ménard est à la cour aujourd'hui. Je n'aurai peut-être pas l'information avant demain.

– Demain ?

Elle voit qu'une tempête de découragement m'assaille. Avec empathie, elle regarde sa montre.

– Si je suis chanceuse, il va peut-être répondre à son cellulaire.

Elle laisse sonner pendant que je supplie la vie de me faciliter les choses, mais sans résultat. Elle dépose le combiné, navrée.

– As-tu un numéro où je...

Je me contente de lui dire que je vais la rappeler.

– Je vais te laisser notre carte.

Je suis démoralisée, mais j'ai vraiment le sentiment qu'elle ne cherche pas à se débarrasser de moi. C'est moins frustrant. Je devrais peut-être en profiter et lui demander si elle connaît un endroit abordable où je pourrais passer la nuit, mais comme je m'apprête à le faire, une sonnerie retentit dans le bureau. Discrètement, je m'éloigne en la saluant.

— Attends, Suzie, c'est lui, c'est M. Ménard !

En quelques secondes, elle parvient à lui soutirer la réponse : il ne se rappelle de rien.

— La femme de son père, peut-être sait-elle quelque chose ?

— Madame aussi est décédée.

En ce moment, je me sens comme une navette spatiale explosant en plein vol. Réaliste, je sais bien qu'il s'agissait de ma dernière chance.

— Tu peux toujours placer une annonce dans un journal. Des fois, ça fonctionne.

Pour écrire quoi ? Fille naturelle recherche ses parents adoptifs ? Dans la semaine des quatre jeudis, oui ! Non, je vais prendre le prochain autobus et m'en retourner, penaude, dans mon petit village. Moi et mes idées de grandeur, aussi ! Solange a raison de japper que tous les adolescents n'ont pas de cervelle. Ça m'apprendra aussi à penser que tout est possible, qu'il suffit d'un peu de volonté. Si je revois un seul livre sur la pensée positive, je le brûle comme on le faisait avec les sorcières. Promis !

— Bonne chance, Suzie.

Je la remercie avant de sortir.

À tout jamais, je suis condamnée à porter le nom de Suzie Bergeron ! Le mal à l'âme, j'appuie sur le bouton de l'ascenseur. Il ne me manquerait plus que de rester coincée à l'intérieur avant de voir l'édifice éclater en flammes ! Heureusement, ce nouveau drame m'est épargné. Mais dehors, il pleut toujours et c'est au tour de mon ventre de faire des siennes. Le bol de céréales avalé au déjeuner ne suffit plus à la tâche. Malgré mon désarroi, je dois consommer quelque chose avant que mon corps ne me poursuive pour mauvais traitements. Après tout, avec l'argent qui me reste, je peux bien m'offrir un repas chez McDonald avant de reprendre l'autobus.

Un passant m'apprend qu'un peu plus au sud, dans la rue Peel, je vais pouvoir défier le guide alimentaire canadien et déguster mon repas préféré.

Empressée, je déballe mon hamburger et mords à belles dents en y ajoutant quelques frites salées à point. À l'intérieur, c'est toujours le même décor rassurant, les mêmes uniformes, la même odeur. Je me demande quelle impression ça me ferait de manger dans un McDonald en Russie. Ou en Afrique. C'est quand même rigolo de penser que Ronald est l'un des seuls hommes à avoir obtenu un pareil consensus international. Quant à moi, il devrait, sans délai, devenir le nouvel ambassadeur de la paix dans le monde. Coquine, avec mon air de souris, je me dis que je mange pour la paix. C'est moins culpabilisant. Solange me dirait, ici, que j'essaie de faire ma « philosophique » et, pour une fois, j'ai presque envie de lui donner raison. J'avale ma dernière frite et me retiens pour ne pas céder à la tentation de me présenter de nouveau au comptoir. Si je me remue un peu, je pourrai prendre l'autobus de cinq heures et ainsi attraper le dernier en direction de Baie-Saint-Paul. De la gare, j'appellerai Esther pour savoir si elle peut venir me chercher avec son père. Cette nuit, je dormirai chez elle. Après, je verrai. Je trouverai le moyen de m'arranger avec Linda.

Les toilettes au sous-sol sont sans doute ce que je verrai de plus exotique à Montréal ! Je regrette de ne pas explorer davantage la ville mais, dans les circonstances, je n'ai plus le courage de prolonger ce voyage totalement raté.

Je suis soulagée de sentir l'odeur d'eau de javel qui parfume la pièce. Non que ce soit ma fragrance de prédilection, au contraire, mais je sais que ce sera moins répugnant de m'asseoir sur le siège des toilettes. En fait, c'est plutôt quand je veux ramasser mon sac à dos que les choses se gâtent. Il ne se trouve pas à mes côtés, ni devant moi. Je me penche rapidement pour balayer du regard le plancher en céramique des autres cabines mais je ne vois rien. Paniquée, j'ouvre la porte et regarde aussitôt vers les lavabos. C'est alors qu'un neurone de mon cerveau m'envoie un semblant de souvenir : je pense l'avoir oublié sous mon banc à l'étage du resto. Sans plus attendre, comme dans un film en accéléré, je remonte les escaliers et traverse le restaurant jusqu'à ma table. Il a disparu ! Des mots se télégraphient dans mon esprit : billet, argent, banc de parc, nuit, froid, viol, mort. En dernier recours, je scrute les visages autour de moi, question de voir si l'un d'eux ne va pas se trahir ou me donner une information qui me mettrait sur la piste, mais en vain. Le voleur, plus futé que moi, est sans doute déjà loin. À moins qu'encore une fois, je ne voie la vie trop en noir et qu'une âme charitable n'ait remis le sac au gérant ? Prise d'un nouveau vent d'optimisme, je vole vers le comptoir mais, quand je franchis les portes vitrées du restaurant, je jure que je ne remettrai plus jamais les pieds dans cet endroit où les clients ne sont pas plus honnêtes que les politiciens qui ne respectent jamais leurs promesses. Ronald a du pain sur la planche s'il veut continuer à prétendre que la vie n'est qu'un paradis de couleurs et de sourires !

En marchant, je suis bien forcée de relativiser. Tout est de ma faute. Je dois concéder un point à tante Solange qui a toujours prétendu qu'avant sa majorité, un ado ne sait pas toujours ce qu'il fait. « Ah ! vous vous pensez fins, les jeunes ! Vous pensez tout savoir, mais vous voyez pas plus loin que le bout de votre nez ». Pourquoi fallait-il que je lui donne raison ? Tenir fermement une courroie de sac à dos ne représentait tout de même pas un coefficient de difficulté si élevé. J'ai l'estime dans les talons, je l'avoue.

Comme rien n'est parfait dans le monde, c'est la pauvre poubelle de la ville qui encaisse mes frustrations. Heureusement, mon baladeur est toujours dans la poche de mon manteau. Ça me console. Un peu. En ouvrant le boîtier, je comprends que je dois renoncer à *The best of Esther*, une cassette offerte pour mon dernier anniversaire. Un véritable moment de bonheur de quatre-vingt-dix minutes où il n'y avait pas une chanson sur laquelle je ne vibrais pas, pas un mot que je ne pouvais pas entonner en chœur avec Alanis, Céline, les Beatles, Madonna, les Cranberries. Folle de rage, j'ai envie de crier plus fort que la pluie qui a recommencé à rire de moi.

Comment vais-je retourner à la maison sans déclencher une troisième guerre mondiale, maintenant ? Désespérée, je marche lentement sur la rue Sainte-Catherine en essayant de trouver une idée meilleure que l'appel à frais virés. Je pourrais aller mendier dans le métro pour me payer un nouveau billet d'autobus. Après tout, Linda ne sait pas que je suis ici, j'ai encore du temps. Pourtant, quand je regarde les aiguilles de ma montre qui riment avec noirceur, je sens une tornade anéantir mon courage. La peur me secoue comme un électrochoc. Je vais vomir. Je tousse comme pour évacuer cette peur, mais rien ne s'échappe. Qu'un crachat amer qui disparaît par le grillage des égouts de la ville. Je voudrais me liquéfier et me laisser couler jusqu'au fleuve. Peut-être qu'enfin la chance me sourirait et qu'Esther me retrouverait échouée sur le rivage, près de notre rocher, comme une bouteille à la mer ?

Ma petite voix intérieure me recommande de retourner calmement vers la gare. Là-bas, je prendrai l'ultime décision. En attendant, je vais faire le trajet inverse en empruntant les trottoirs de la rue Sherbrooke comme une vraie Montréalaise.

Les lampadaires s'allument. J'ai beau me répéter que je ne suis pas la seule ado à se promener dans les rues de la ville, une flopée de scénarios morbides surgissent à nouveau. Néanmoins, je m'efforce de ne pas ralentir mon rythme.

À l'angle des rues Université et Sherbrooke, l'autobus s'arrête. Curieuse, je lève la tête pour voir si c'est mon zombie qui conduit. Ce n'est pas le cas, mais un détail retient mon attention : le chauffeur ne semble pas accorder beaucoup d'attention à ceux qui lui montrent leur passe mensuelle. Et si je me faufilais en douce ? Peut-être n'y verrait-il que du feu ? Ainsi, je n'aurais pas besoin de me demander si un automobiliste ne va pas s'arrêter pour me faire monter à bord et faire en sorte que je devienne, moi aussi, une autre statistique de la traite des blanches.

Fonce Suzie ! Le dernier piéton en ligne franchit la première marche. En vitesse, je sors mes écouteurs de ma poche et les porte à mes oreilles pour me déconnecter de la réalité. Pendant que l'homme devant moi dépose ses pièces de monnaie, je passe derrière lui et fait mine de lever ma main le plus naturellement du monde.

– Ta carte.

Je sais qu'il a activé ses cordes vocales, mais officiellement, je n'entends rien parce que ma musique est trop forte. J'avance de deux pas.

– Heille ! toi !

Avant que tous les passagers ne se mettent à me regarder comme une extraterrestre, je décide de me retourner naïvement en me pointant de l'index.

– Moi ?

– Oui, toi. Ta carte ?

– Ma carte ? Je vous l'ai montrée.

– Je dois avoir besoin de lunettes, je l'ai pas vue. Ça te dérangerait pas de me la remontrer ?

Qu'est-ce que je peux faire ? Embarrassée, je baisse les yeux. Et le voilà qui continue de plus belle.

– Penses-tu que ça roule au beurre de pea-nut « *une étaubus* » ? Paye ou bien marche, la petite. Moé les jeunes…

Honteuse, je fonce vers la sortie, mais une main freine mon élan. En me retournant, je reconnais le visage de Camille, l'assistante de l'avocat. D'une voix rassurante, elle m'invite à m'asseoir et se dirige vers l'avant. J'entends quelques pièces résonner dans la cagnotte. En plus d'avoir tout perdu, voilà que je commence à m'endetter. Décidément, ce

voyage prend des tournures insoupçonnées !
Et voilà que mon ange gardien s'approche. Je
m'efforce de lui télégraphier un air reconnaissant, mais tout ce qui me traverse l'esprit,
c'est de savoir comment je vais me sortir de
cette galère.

Chapitre VI

CAMILLE M'INVITE à l'accompagner jusqu'aux Belles Sœurs, son café de quartier préféré. Je proteste poliment en lui rappelant qu'elle en a déjà assez fait, mais elle voit les choses autrement :

– Tu vas quand même pas rester dehors ? En plus, t'es toute mouillée. Viens…

– Bon…

Sans plus discuter, je la suis. Son invitation me fait l'effet d'un miracle.

Le café n'est pas très grand mais, tout de suite, on s'y sent à l'aise. Les couleurs sur les murs sont puissantes. Il y a du rouge, un jaune maïs, du bleu, du doré ; c'est flyé. À tout le moins, beaucoup plus que la salle de quilles du village. Nous nous asseyons à une table près de la fenêtre. Je n'ai pas faim, mais Camille me convainc d'accepter un chocolat chaud pour me réchauffer.

J'apprends qu'en plus de travailler au bureau deux soirs par semaine, Camille termine un baccalauréat en criminologie. Elle veut aider les autres. Ça me semble évident.

— Comment t'as appris que ta mère t'avait placée en adoption ?

Cette fois-ci, je ne nuance pas les détails et raconte la pure vérité. Je me fiche de ce qu'elle peut penser, seul le besoin de libérer ce secret devenu trop lourd pour ma petite personne importe. Rarement me suis-je sentie si bien écoutée.

Pendant près d'une heure, je parle, plisse les yeux, tripote ma couette. Une seule fois, elle m'interrompt poliment pour se rendre au comptoir et téléphoner à sa colocataire Patricia. Ça me permet de me détendre et d'observer les étranges œuvres d'art accrochées aux murs du café. Sur des planches en bois, une prénommée Denise a collé tout ce qui lui est tombé sous la main. Du papier journal, des vis, de la vitre, même un condom de couleur ! Décidément, à Montréal, l'art prend des formes insoupçonnées.

Une fois revenue, Camille me demande si je veux passer la nuit chez elle.

— Ta colocataire ?

— C'est pour ça que je l'ai appelée.

Totalement en confiance, cette fois-ci, je n'essaie pas de jouer l'ado mature qui n'a besoin de personne. Illico, j'accepte en affichant mon air le plus reconnaissant.

Dehors, la pluie a cessé et nous marchons en direction de la rue des Érables. L'air que je respire est frais, tonifiant ; c'est bon. Camille salue un homme qui promène ses chiens. Elle me demande si j'aime les animaux. Une bonne façon de m'annoncer qu'il y a deux chats à l'appartement : Maurice et Sybile. Je lui parle du chien que je n'ai jamais eu à cause des allergies de ma mère. Elle me confie avoir vécu les mêmes frustrations avec son père et, sur un ton de revanche à peine voilé, me dit se reprendre avec ses minous.

– Quand tu vas avoir ton appartement, tu vas pouvoir faire la même chose.

– C'est vrai.

Je sais que c'est un peu ridicule, mais j'ai l'impression de connaître Camille depuis toujours. Comme si je venais de rencontrer cette grande sœur que j'avais toujours souhaitée, cette complice formidable à qui j'aurais pu tout raconter. Bien sûr, je ne veux surtout pas minimiser la relation extraordinaire que j'ai avec Esther, mais Camille n'est plus une ado et, quand je l'écoute, je saisis mieux le sens du mot maturité. Avec elle, je me permets d'être moi-même, ce qui n'est pas si fréquent avec un adulte, je dois l'avouer.

L'appartement est petit, mais me fait penser à de la ouate tellement je m'y sens bien. Les vieux planchers de bois sont peints dans des tons orangés. Il y a un mur bourgogne et un autre bleu foncé. C'est particulier, mais j'adore. Je dis à Camille qu'elle aurait dû se lancer en décoration.

— Je suis contente que t'aimes ça. Il faut dire que Patricia m'a aidée.

Elle me dit que son amie est policière depuis cinq ans et qu'elles se connaissent depuis neuf ans. Pour me montrer intéressante, je lui parle d'Esther et lui dis combien j'apprécie son amitié.

— Quand je vais avoir ton âge, j'espère être aussi proche d'Esther que toi de Patricia.

Camille sourit mais je la sens légèrement embarrassée. C'est en visitant le reste de l'appartement que je devine pourquoi. Dans la seule et unique chambre du logement, il n'y a qu'un grand lit et, sur un babillard où des dizaines de photos sont épinglées, je reconnais Camille dans les bras d'une autre femme, Camille donnant un baiser à cette même femme, Camille et la femme à la mer, Camille... Je viens de la campagne mais je ne suis pas si naïve. Difficile de ne pas faire l'équation : elles sont plus que des amies ! Camille est sur le point de me dire quelque chose, mais la porte d'entrée se referme.

— C'est moi !

— C'est Patricia.

Même si je perçois un malaise, Camille semble heureuse du retour de sa supposée *roommate*. Ses yeux sont rieurs. L'air plaisant, elle m'invite à la suivre jusqu'au salon.

C'est la première fois de ma vie que j'en rencontre des vraies. Je m'efforce de me montrer ouverte d'esprit et de faire comme si, aux Éboulements, j'avais passé des dizaines de nuits dans l'appartement de lesbiennes mais, dans mon oreille gauche, j'entends déjà Solange invoquer tous les saints de la Bible afin de me protéger du mal. Bien sûr, je me dissocie aussitôt des positions de ma tante mais, malgré tout, je ne peux m'empêcher de visualiser les manchettes du prochain Photo-Police annonçant que le corps de Suzie Bergeron a été retrouvé nu dans l'appartement d'un couple de lesbiennes montréalaises. Patricia me tend la main. Je lui rends la pareille mais, pudique, je suis incapable de soutenir son regard. Je remarque alors son ventre rond et plein comme la lune du dernier party à la salle paroissiale. Voyant bien que mes yeux, soudainement sphériques comme des billes, sont sur le point de tomber, Camille s'informe :

— Ça va, Suzie ?

— Oui, oui…

Elles démasquent mon mensonge et toutes les deux affichent des sourires moqueurs.

— T'as pas l'air de comprendre grand-chose ?

— Bien…

— C'est ça que je voulais te dire avant que Patricia entre. On est un couple…

— Ah ! je sais ! que je m'empresse d'ajouter en voulant me montrer plus délurée que je ne le suis.

— Puis Patricia est enceinte…

— Je me suis fait inséminer.

– Ah! c'est le fun!

Que pouvais-je ajouter d'autre?

– J'ai passé une échographie, c'est un petit garçon.

Elles vont le prénommer Félix. Je les félicite. C'est vrai que c'est un beau prénom. Curieuse, j'ose leur demander si Félix aura un père au sens légal.

– Non, c'est un donneur anonyme, me répond Patricia. Mais je suis très proche de mon frère. Il va être le parrain.

Pour me montrer encore plus ouverte, j'ajoute que je sais ce dont il s'agit puisque « j'origine » moi aussi d'un géniteur inconnu et que, tout compte fait, je considère m'en être plutôt bien sortie. Je les fais sourire à nouveau. Je ris niaisement, me demandant si je n'en ai pas trop mis. J'ai horreur de penser que l'on puisse me croire prétentieuse. Visiblement, elles ne s'en soucient guère. Patricia est plus préoccupée de savoir si je suis réticente à l'idée de passer la nuit dans leur appartement. Au ton de sa voix, je sens qu'elle fait allusion à leur orientation sexuelle.

– Non, ça me dérange pas.

C'est vrai. Je le jure. Je suis surprise, je l'admets, et ça me fait drôle de penser qu'elles dorment dans le même lit et tout le reste mais, après tout, j'ai vu pire au village. Mes souvenirs regorgent de parents inadéquats. La pauvre Nancy qui s'est fait battre par son père, les parents alcooliques de Sébastien et M. Bouchard qui passait plus de temps avec ses vaches que sa propre famille ! Et je dois bien admettre que Linda ne remporte pas le *Méritas de la parentalité* non plus. Après tout, si deux lesbiennes décident de mettre un enfant au monde, j'imagine qu'elles ont pris le temps d'y réfléchir. Ce n'est pas comme un homme et une femme qui, au lendemain de leurs élans passionnels, s'aperçoivent qu'il y aura des conséquences à leur nuit tumultueuse ! Pour faire « la chose », les lesbiennes doivent se mettre à la recherche du précieux liquide et ça, ça n'a rien à voir avec le fichu désir ! Non, tout compte fait, je me fous que mes hôtesses soient marginales.

— Je suis contente que tu te sauves pas en courant parce que j'ai de bonnes nouvelles pour toi...

Patricia a rejoint une amie qui travaille au Palais de justice pour lui demander de s'occuper de mon cas.

— Comment elle va faire ? Le procès s'est tenu à huis clos.

— Il n'y a pas plus petit monde que le milieu de la justice. Il suffit d'y être bien branché pour savoir que les secrets circulent à la vitesse de l'éclair dans ces hauts lieux.

Bien sûr, Patricia me prévient de la possibilité que son amie ne trouve rien mais, selon les statistiques, ce serait plus qu'étonnant. Je m'accroche donc aux lois de la probabilité qui penchent enfin en ma faveur.

Une odeur inconnue provient de la cuisine où je les entends rire, complices. Les filles m'ont demandé si j'aimais la cuisine thaïlandaise. Polie, j'ai répondu que oui, bien sûr, sans y connaître quoi que ce soit. Mais j'avoue que mes inquiétudes s'envolent rapidement tant le parfum me chatouillant les narines est agréable.

Le repas est succulent. Du poulet au lait de coco et basilic. Je n'irais pas jusqu'à dire que je n'ai plus foi en mon ami Ronald, mais j'aime suffisamment l'expérience pour accepter une deuxième assiette. Sans compter le dessert, un gâteau au fromage et au chocolat qui termine la soirée en beauté. Moi aussi, j'ai l'impression d'être enceinte tant je suis serrée dans mon jean. Quelques minutes plus tard, c'est sous un concert de bâillements que je quitte la table. Je suis épuisée.

Camille m'offre un vieux t-shirt, des cotons ouatés et me propose de laver mes vêtements pendant que Patricia me recrée un semblant de chambre sur le futon du salon. Dix minutes plus tard, elles me souhaitent bonne nuit et disparaissent dans leur chambre.

J'ai encore du mal à croire que tout ce qui m'arrive est réel. Pour me convaincre, je prends plaisir à me remémorer mon parcours depuis qu'Esther et son père m'ont laissée à Baie-Saint-Paul : l'arrivée en ville, le vol de mon sac, ma rencontre avec Camille et Patricia… J'ai le sentiment d'avoir quitté mon village depuis des semaines. Je repense aussi aux nombreuses questions de Patricia. Je comprends pourquoi elle est policière, celle-là. J'ai répondu du mieux que j'ai pu. Souvent, il y a eu de longs silences, mais je savais que ça ne faisait rien. Une fois, j'ai été déstabilisée : quand il a été question de Linda. Pour seule réponse, j'ai haussé les épaules en répondant que je ne savais pas, que je ne savais plus. En secret, je me suis plutôt demandé si j'avais encore une mère, mais ça, je ne l'ai pas admis. J'ai eu trop peur. Et si, à mon retour aux Éboulements, je ne voulais plus revenir en arrière ? Si je ne pouvais plus reprendre ma petite vie, dans mon petit village ? Si…

Chapitre VII

EN QUELQUES SECONDES, j'ai basculé dans le ventre de la nuit. Une nuit douce et chaude nourrie des rêves les plus inspirants ; un sommeil réparateur comme je n'en avais pas connu depuis que JE SAIS.

Dans le salon, le gros Maurice décide que j'ai assez roupillé. Princier, il s'installe à quelques centimètres de mon visage pour faire la toilette de son poil argenté. Je le caresse, ce qui ne tarde pas à provoquer un tonnerre de ronrons. Sybile, la mère au pelage noisette, s'approche et, de plusieurs coups de tête, tente de me faire comprendre qu'elle trouve la vie hautement injuste. Avide de justice, je la cajole à son tour. Rassasiés, les deux félins s'allongent sur mon oreiller jusqu'à ce que Patricia sorte de la chambre.

Le déjeuner est tout aussi bon que le repas de la veille. Les crêpes au maïs bleu sont arrosées de sirop d'érable et accompagnées de fruits exotiques : ananas, fruit de la passion, kiwi, mangue. Tout en dégustant ce festin, nous parlons de la vie en général, mais ma possible rencontre avec mes parents adoptifs ne tarde pas à redevenir le sujet de l'heure. Avec délicatesse, Camille me demande ce que je prévois faire si Patricia parvient à les localiser :

— Tu vas les appeler ?

— Pas tout de suite. C'est drôle, mais j'aimerais ça voir où ils habitent avant de les rencontrer.

La lèvre supérieure de Camille se crispe légèrement, comme si elle trouvait plus approprié que j'annonce ma visite mais, respectueusement, elle n'ajoute rien. J'en suis soulagée. En fait, j'ai du mal à le reconnaître, mais je veux pouvoir me laisser le choix. Oui, choisir ! Après tout, au téléphone, la voix est toujours trompeuse. Et si ma famille adoptive vivait dans le plus minable trou perdu de la ville ? Je n'aurais plus envie de poursuivre cette odyssée. Je me ficherais de savoir qu'ils aient été mes paternels durant trois ans. Ni vue, ni connue ! Sans bruit, je m'en retournerais aux Éboulements pour porter le manteau de ma vie ordinaire, convaincue que je n'ai pas à m'en inventer une pire. C'est honteux d'avouer cela, mais je ne vais tout de même pas commencer à me conter des histoires. Pas à moi ! Je ne m'appelle pas Solange !

Contre toute attente, Patricia me propose de me conduire à leur demeure si nous parvenons à les localiser.

– En vraie voiture de police ?

– Tu pourras pas faire une meilleure impression !

J'aimerais éviter une nouvelle expérience avec les transports en commun, mais je ne raffole pas de l'idée que mes adoptifs me voient sortir d'une auto-patrouille.

– Je vais les faire paniquer, c'est sûr.

Patricia se fait rassurante :

– Je te laisserais au coin de la rue.

Ainsi, l'arrangement me semble plus convenable. Lentement, je marcherai jusqu'à l'adresse et, selon ce que j'y verrai, je prendrai la décision de poursuivre ou non. Avant de quitter, Patricia promet de m'appeler dès les premières nouvelles. Fébrile, j'arbore un sourire confiant mais, dès qu'elle referme la porte, la petite voix de mon ami Pessimisme se fait entendre : « Et si son amie ne trouvait rien ? Si… » À l'instant, je suis le Titanic fonçant vers son iceberg ! J'ai si peur d'être déçue.

Il est onze heures trente-trois quand la sonnerie du téléphone retentit dans l'appartement.

– Oui, allô ?

C'est la voix de Patricia. Je me sens toute molle, ma gorge est sèche, mais le ton de ma nouvelle amie n'est pas celui que j'anticipais : grave et désolé. Il est plutôt fébrile et porteur d'un certain enthousiasme.

– T'es bien assise ?

– Oui.

– Ils s'appellent Antoine et Marie-Paule Bertrand.

Jusque-là, j'avoue qu'à mes oreilles, ça vibre plutôt bien.

– Ils habitent à Outremont.

Pourquoi est-ce qu'elle semble si contente ? C'est Montréal que je voulais entendre ! Pas Outremont ! Pour moi, Outremont c'est au bout du monde, un trou perdu quelque part en Afrique. Il fallait bien qu'il y ait un hic, aussi !

– C'est où, ça ?

– Énerve-toi pas. De l'appartement, ça prend quinze minutes. C'est juste derrière la montagne. C'est un beau quartier.

– Puis ton amie est certaine que c'est eux autres ?

– Oui.

Je voudrais hurler mon bonheur mais je reste sans voix.

– Suzie, t'es toujours là ?

– Oui, oui…

– Je vais être à l'appartement dans quinze minutes.

Un beau quartier, a-t-elle dit. Peut-être devrais-je les appeler, après tout ? À bien y penser, la visite de leur enfant perdue n'est sûrement pas ce que leur avait prédit leur horoscope du matin. Et si mon ex-père succombait à un infarctus après avoir découvert mon identité ? Mon ex-mère m'en voudrait jusqu'à la fin de ses jours et ne m'adresserait plus jamais la parole. Suzie, cesse d'imaginer le pire ! Il faut te préparer !

Patricia me fait signe de monter. À mon grand malheur, les gyrophares de la voiture sont sur le point d'alerter tous les voisins de la rue. Bien sûr, elle se bidonne en voyant mon malaise.

— C'est pas tous les jours que tu vas voyager dans une voiture de police. Allez, monte !

C'est impressionnant de la voir dans son uniforme. Surtout le revolver qui dort le long de sa cuisse. Devant moi, il y a un petit ordinateur comme on en voit dans les films policiers. Patricia me demande d'y jeter un coup d'œil. Sur l'écran, je peux lire le nom d'Antoine Bertrand et son adresse sur la rue Maplewood, à Outremont.

— Qu'est-ce que son nom fait là ? Viens pas me dire qu'il est recherché par la police ?

— J'ai fait ma petite enquête. Il a aucun dossier. Même chose pour Marie-Paule.

Je ne sais pas ce qui m'attend mais, au moins, je me console en pensant que ce ne sont pas des criminels.

— T'es prête ?

J'acquiesce. Patricia appuie sur l'accélérateur. La voiture avance et moi, j'observe mon futur en tournant le coin de la rue. J'espère si fort !

Chapitre VIII

L A MAISON, sur deux étages, est en
briques grises. Ça ressemble à un hôtel
tant le format contraste avec ma maison des
« Éboulis ». Un porche est soutenu par d'im-
menses colonnes peintes en blanc. Il n'y
manque que deux gros lions en plâtre comme
on en voit au cinéma. La porte est dans les
tons de vert. C'est beau. Je rêve déjà d'y vivre.
Je visualise ma chambre au deuxième étage.
Combien ma vie serait différente, plus facile,
plus intéressante ! Plus besoin de quémander
auprès de Linda pour m'acheter un nouveau
manteau ou un disque compact.

Dans la rue, personne ne semble remar-
quer ma présence. Cette fois-ci, je change de
trottoir pour m'approcher de la maison. À
l'instant, la porte d'entrée s'entrouvre. Un
chien relève fièrement la tête et descend les
marches en faisant des rafales avec sa queue.

Sans discrétion, il s'empresse de se soulager devant l'un des arbustes.

– Socrate…

Une dame vient de faire son apparition. J'inspire ! Elle marche lentement, avec assurance. Je remarque tout de suite ses gants de cuir et son long manteau. Elle a de la classe. Elle se tient très droite, telle une reine donnant des ordres à ses sujets.

– Viens, Socrate, on va marcher…

Socrate n'est pas sourd. Il gratte le sol de ses pattes arrière et, après quelques bonds, se retrouve sur le trottoir. Intimidée, je me dis que je devrais retourner à la voiture, mais Socrate s'approche de moi comme si j'étais porteuse de trois kilos d'os en or ! Enjoué, il tourne autour de moi sans que sa maîtresse ne parvienne à le contenir.

– Socrate ! c'est pas poli ! J'espère que vous n'avez pas peur des chiens, mademoiselle ?

« Mademoiselle ». Sur-le-champ, j'aimerais lui dire pourquoi je suis là, mais je ne parviens qu'à balbutier un faible : « Non, non, ça va », en me cachant derrière les caresses que je fais à son animal. Socrate apprécie puisqu'il commence à me lécher goulûment la main pendant qu'elle attend calmement qu'il se lasse. Du coin de l'œil, j'en profite pour l'évaluer. Sa peau est finement rosée, ses cheveux roux sont ramenés sous un chapeau en velours noir, ses joues sont tachetées de points orange, ses yeux sont grands et rieurs. Je dirais verts, mais je n'en suis pas certaine. J'envie le regard plein de tendresse qu'elle porte à Socrate, mais je ne veux pas qu'elle remarque que je l'évalue. Je fais mine subtilement de relever une mèche de mes cheveux rebelles. Le silence qui s'éternise est aussi puissant qu'un tremblement de terre.

– Socrate…

Bien sûr, j'aurais souhaité qu'elle s'adresse à moi, mais je dois me résigner. Pour elle, je ne suis qu'une adolescente perdue dans le quartier.

– Socrate, il faut y aller…

Malgré le ton impératif, sa voix est mélodieuse et invitante. Socrate est de mon avis puisque, cette fois-ci, il m'abandonne pour aller la rejoindre. Non, il ne faut pas qu'elle parte ! Prenant mon courage à deux mains, je lui décoche mon sourire le plus évocateur : « C'est moi bébé M, c'est moi la fille que vous avez perdue ! ». En vain !

Déçue, je la regarde s'éloigner. Des larmes de confusion perlent au coin de mes yeux. Après tout, je ne sais même pas s'il s'agit de la vraie Marie-Paule. Je devrai revenir. Et puis non ! Je ne veux plus continuer à me torturer.

– Madame !

Sans broncher, elle poursuit son chemin mais, après quelques mètres, la voilà qui ralentit.

– C'est à moi que vous parlez ?

Cette fois-ci, je ne baisse pas les yeux. Pour l'imiter, je la regarde, très droite. Je dois être à la hauteur. Sa fille.

– Oui…

– Qu'est-ce que je peux faire pour vous?

– Vous vous appelez Marie-Paule?

L'expression de son visage se modifie. Je ne dirais pas qu'elle perd le contrôle, mais il y a maintenant une mer de curiosité qui flotte au fond de ses yeux.

– Oui, pourquoi?

– Euh... je... m'appelle Suzie...

Un nouveau vent de panique s'abat. Comme si je venais d'échouer cinq années du secondaire en une journée! Devant elle, je me sens laide, gauche, j'ai l'impression d'avoir grandi trop vite, je me trouve bête. Deux grosses molécules glissent le long de mes joues. Je me sens ridicule de pleurer ainsi, mais je suis incapable de me contenir. Interdite, elle s'avance d'un pas.

– Qu'est-ce qui se passe?

Avec l'énergie du désespoir, je prononce ces mots avec une honte innommable:

– Avez-vous déjà adopté une petite fille?

Son corps se crispe. Son silence dure l'éternité.

– Oui. Pourquoi tu me demandes ça?

– Parce que... la petite fille, je pense que c'est moi.

Plus rien. Elle n'est plus là. Je vois bien que je viens de ranimer un passé encore douloureux. Je n'aurais jamais dû venir jusqu'ici. Je le regrette. Je ne suis qu'une petite égoïste. À l'instant, mes larmes sont une piscine dans laquelle je m'enfonce.

– Excusez-moi, j'aurais pas dû…

Penaude, je tourne les talons et cours vers la voiture de police. J'entends crier mon nom. En fait, la première fois, je ne suis pas certaine que ce ne soit pas mon imagination mais, la seconde fois, je cesse de courir.

– Suzie…

Cette fois-ci, elle ne crie pas. Son ton est calme comme un lac au coucher du soleil quand la brise s'évanouit et que l'eau ressemble à une mer de café. Ses yeux sont verts, j'en suis certaine maintenant. Intimidée, je baisse les yeux mais, à l'intérieur, je sens mon cœur se réchauffer.

– T'as beaucoup changé…

– Ça doit…

– Mais t'as toujours d'aussi beaux yeux. Ils sont perçants.

– Merci.

J'aurais envie de lui sauter au cou. Lui dire que je n'y suis pour rien, que je regrette le geste de Linda, mais nous restons là, immobiles, à nous admirer comme on le fait devant une vitrine de grand magasin à l'approche de Noël.

– Où est-ce que tu habites ?

– Aux Éboulements, c'est un petit village…

– Oui, je connais. C'est très beau.

Je voudrais lui dire combien je m'y ennuie l'hiver, mais je me contente d'acquiescer.

– T'es ici avec… ta mère ?

Sa voix est prudente, aussi fragile que le petit loup en verre que m'a offert Esther.

111

– Oui. Elle est en visite chez une de mes tantes.

– Elle sait que…

– Oui.

Il n'est pas vrai que je vais la faire fuir, pas après tous ces efforts. Encore sous le choc, Marie-Paule pousse un grand soupir et me dit combien elle ne s'attendait pas à une pareille rencontre.

– Je sais que j'aurais dû vous appeler, mais…

– Ça va.

Elle me regarde.

– Suzie…

Il n'y a pas de question. Elle n'a fait que prononcer mon prénom comme si c'était la plus curieuse chose du monde.

– C'était pas mon nom, hein ?

Émue, elle crispe ses lèvres en hochant la tête.

– C'était quoi ?

– Marilou.

Je voudrais lui dire que c'est plus élégant que Suzie, mais je me tais. Ces secondes sont enveloppées d'une pudeur indescriptible. Je la sens pressée, elle regarde sa montre.

– Écoute… après la promenade, j'ai une répétition à l'orchestre…

– Vous êtes musicienne ? que je lui demande, impressionnée.

– Maintenant, je suis chef d'orchestre. Avant, je jouais du violon.

Ses mains sont délicates, ses doigts, longs et fins. Je l'imagine talentueuse, admirée et applaudie par un public de connaisseurs enthousiastes. Du centre de la salle de concert, je la vois saluer avec grâce et je suis fière d'être sa fille !

— Ça doit être un beau métier.

— T'aimes la musique ?

— Oui. Beaucoup.

Elle sourit en inspirant, comme si elle voulait amenuiser la cruauté de la situation. Nerveuse, elle regarde à nouveau sa montre.

— Écoute, je dois y aller mais… si ta mère est d'accord, peut-être qu'on pourrait se revoir ?

Sans hésitation, j'accepte.

— Il faudrait que j'en parle à Antoine, mais je suis certaine qu'il va… Ouf ! Tu parles d'une surprise ! T'es ici jusqu'à quand ?

— Demain.

Il n'est pas question de prolonger l'attente jusqu'à dimanche.

— Bon. Est-ce que je peux te téléphoner ?

— Si c'est moi qui vous appelais ? Pour Linda, ce serait plus simple…

J'invente un air respectueux à l'égard de ma mère biologique. Réceptive, elle acquiesce.

— T'as un papier ?

— Non, mais j'ai une bonne mémoire.

Je veux lui montrer que je ne suis pas une nulle qui ne fait que bafouiller. Lentement, elle me donne son numéro. Une combinaison magique que je mémorise comme le plus précieux des secrets. Jamais je ne l'oublierai. Jamais ! Je conviens de lui donner de mes nouvelles vers les cinq heures. Nous nous sourions et, à mon grand plaisir, elle me serre pudiquement dans ses bras avant de s'éloigner. Légère comme une bulle de savon, je marche jusqu'à la voiture où Patricia m'attend, les yeux remplis de curiosité. Avant de tout lui raconter, je prends soin de noter le numéro de Marie-Paule sur un bout de papier.

Quand nous quittons le riche quartier de mes parents adoptifs, un pâle rayon de soleil transperce l'armée de nuages qui enveloppe la ville. Je prends cela comme un signe du destin.

Chapitre IX

AU TÉLÉPHONE, Camille est folle de joie.
– J'espère qu'il va accepter !

Il est vrai qu'Antoine pourrait refuser de me revoir, mais mon subconscient ne veut pas retenir cette possibilité. Je préfère lui télégraphier des ondes positives même si, intérieurement, je doute du succès de l'entreprise.

Je suis ravie de partager ces moments d'excitation avec mes nouvelles amies, mais j'avoue que l'absence d'Esther me chagrine. Je meurs d'envie de lui raconter les grandes lignes de ce scénario hollywoodien. Chanceuse, je n'ai qu'à prononcer une seule fois le nom de mon amie et Patricia m'offre de lui téléphoner. Elle n'a pas fini de céder aux chantages de son petit Félix !

La sonnerie retentit trois coups chez les Tremblay. C'est madame qui répond. J'emploie mon ton le plus normal, celui de la routine, mais sans le stress parce que nous sommes en congé.

— Bonjour madame Tremblay, Esther est là ?

En attendant, j'en profite pour mettre mes idées en ordre mais, avant que je n'aie le temps de dire quoi que ce soit, je reconnais la voix de Linda. Elle hurle !

— POUR L'AMOUR, VEUX-TU ME DIRE OÙ EST-CE QUE T'ES, SUZIE BERGERON ?

Je fige, incrédule. Comment a-t-elle pu savoir ?

— Inquiète-toi pas, tout va très bien.

Sans m'entendre, Linda enchaîne, au bord de l'hystérie :

— JE VEUX QUE TU REVIENNES IMMÉDIATEMENT ! TU M'ENTENDS ?

J'ai peur qu'elle ne mette la police à mes trousses. Pour la secouer, je crie aussi fort qu'elle.

— MAMAN ! INQUIÈTE-TOI PAS, JE VAIS BIEN !

— T'AS PAS HONTE ? ME FAIRE ÇA ! OÙ EST-CE QUE T'ES, POUR L'AMOUR ?

— Chez des amis.

— DES AMIS ! TU CONNAIS PERSONNE À MONTRÉAL !

— Je t'ai dit que tout va bien, je vais revenir, au plus tard, dimanche.

— IL N'EN EST PAS QUESTION ! TU VAS…

Avant qu'elle ne parvienne à exercer son pouvoir maternel, je lui raccroche au nez.

Trois secondes supplémentaires et j'aurais cédé. Il est trop tard pour obtempérer. Je pourrai toujours lui dire que j'ai eu un problème avec le téléphone. Mes deux prochaines semaines aux Éboulements vont se dérouler en enfer.

Comment tout cela s'est-il produit ? Au fond, c'est assez simple. Pour un quelconque détail, Linda a dû se présenter chez les Tremblay et s'est retrouvée face à Esther. Ou encore, elle a croisé Mme Tremblay à l'épicerie du village. Il n'a fallu que quelques secondes avant que nos deux mères ne détectent la supercherie. Et la pauvre Esther, bombardée par leurs questions, a été forcée d'avouer le but de ma fugue. J'espère que son père n'a pas été trop dur avec elle.

Fautive, j'essaie de comprendre la colère de Linda mais, du même coup, je me fouette pour ne pas me sentir concernée. Mes raisons sont légitimes ! Mes yeux ont pourtant du mal à quitter le téléphone. Grâce aux progrès de la téléphonie, elle n'aurait qu'à composer le bon code pour que la sonnerie retentisse. Son fantôme rôde !

Le téléphone reste muet et la police ne se présente pas plus à la porte pour me ramener aux Éboulements. Non, le temps passe lentement comme le plus ennuyant des cours de biologie. Préoccupée, je regarde une araignée tisser son jardin derrière une plante. Je déguste parcimonieusement mes ongles, comme s'il s'agissait de mes dernières frites avant de mourir sur la chaise électrique. J'en profite aussi pour répéter mon nouveau nom des centaines de fois : Marilou, Marilou, Marilou. Rapidement, je fais l'association avec le loup, mon animal préféré. Bien sûr, il n'y a pas le « p » à la fin, mais je ne peux nier l'étrangeté de la coïncidence. Moi qui me suis toujours fait demander pourquoi je préférais le loup aux habituels chiens et chats. Comme si mon subconscient n'avait pas voulu effacer le souvenir de mon ancienne identité. Ça explique aussi ma fascination pour la musique classique. Peut-être que, pour m'endormir, Marie-Paule me faisait entendre les plus grands airs ? Je suis en train d'adhérer à la théorie qui veut que les hasards n'existent pas ! Je disais pourtant le contraire dans mon dernier oral de français. Est-ce que je vais passer ma vie à changer d'idée ?

À cinq heures pile, je compose scrupuleusement le numéro de Marie-Paule. Dès la première sonnerie, elle décroche. C'est de bon augure et je n'ai pas tort. Ils veulent me recevoir à souper vers les sept heures. Je jubile ! Antoine passera me prendre rue des Érables après son travail à l'Institut de cardiologie. Mon « père » répare les cœurs malades ! Le mien aurait besoin d'un petit coup de main, que je me répète, mais je garde cette mauvaise blague pour plus tard, quand je serai avec Esther.

Je donne mon adresse à Marie-Paule et, après avoir raccroché, je m'empresse de rejoindre Patricia. Après ses félicitations, je me jette sous la douche pour la rencontre la plus importante de ma vie.

Chapitre X

QUAND JE METS le bout du nez à l'extérieur, une BMW noire ronronne en face du triplex. La vitre de la portière glisse comme j'atteins le trottoir. Prudente, je me penche pour regarder à l'intérieur.

— Suzie ?

J'acquiesce, il me fait signe de monter.

Il m'avoue d'emblée sa nervosité. Ça me rassure. Nous sommes sur un pied d'égalité. Maladroitement, nous échangeons des propos futiles qui ne passeront jamais à l'histoire mais, après quelques minutes, je parviens à répondre autre chose que oui ou non à ses questions. Je l'examine en douce. Il a les cheveux très courts, frôle la quarantaine et, bien qu'en général j'aie un préjugé défavorable pour les moustaches, je dois admettre que celle qu'il porte lui va comme un gant. En fait, il est plutôt élégant et m'inspire confiance. Le reste est une suite de silences, de sourires intimidés, rien qui ne mérite de se retrouver dans l'encyclopédie des retrouvailles.

La voiture s'engage dans l'allée, il appuie sur un bouton et, par la magie de l'électronique, la porte du garage s'ouvre. Je trouve ça *cool*. Garage est un bien petit mot pour cette pièce quatre fois plus grande que ma chambre ! Socrate ne tarde pas à faire son apparition, tout comme Marie-Paule qui me semble encore plus belle qu'à notre première rencontre. Nerveuse mais déterminée, je pénètre dans mon ancienne demeure.

Je me sens importante. À elle seule, la nappe brodée coûte sans doute plus cher que toute ma garde-robe. Au centre de la table, dans un vase de cristal, il y a de longues fleurs magnifiques que je ne peux nommer. Elles ressemblent à des becs de canards dans des tons d'orangé et de mauve.

Antoine m'invite à m'asseoir au bout de la table. Sur les couverts d'argent dansent les flammes des bougies. C'est superbe mais, certaine que je vais échouer à respecter les règles de « l'étiquette », je pose mes mains sur mes cuisses et m'oblige à ne rien toucher. Une armée de papillons assiègent ce qui me restait de sang-froid ! Antoine le devine.

– Avec l'orchestre, on est habitués de recevoir, mais ne t'inquiète pas pour les chichis. Ce soir, on est entre nous…

Mon sourire le remercie, mais mes épaules pèsent autant que le Stade olympique !

– J'avoue que je ne suis pas habituée au… au…

Le mot m'échappe. Moi qui voulais faire mon intelligente, me voilà punie par mon arrogance ! Il était pourtant dans le dictionnaire, je l'ai vu, il me chatouille le bout de la langue. Mémoire, je t'en supplie ! C'est Antoine qui me vient en aide.

– Au protocole…

– Oui, lui : le protocole.

Il rit.

– Mais c'est très, très beau. Ça fait changement de mes soupers devant la télévision.

– Disons que, ce soir, l'occasion est très belle…

Son ton et son regard me chavirent le cœur. Visiblement, il n'a pas oublié que j'aurais pu être sa fille. Ses yeux sont tristes. C'est cruel, mais je dois admettre que sa souffrance me fait un bien terrible. L'amour que je reçois est si réconfortant !

Marie-Paule interrompt notre entretien en entrant avec un bol dans lequel fume un potage aux pommes et aux épinards. La meilleure soupe que j'ai jamais goûtée. Exquis !

– C'est vraiment très, très, gentil d'avoir préparé tout ça.

Ça me fait tout drôle d'entendre ma voix. Ma diction est différente. Je parle en « pincée », comme dirait Esther. S'emparant d'un bout de pain, Antoine me regarde, l'air moqueur :

– Je parie que t'aurais préféré aller manger chez McDo?

– Moi aller chez McDo? Pas du tout! C'est vraiment pas mon genre…

Il faut que je sauve ma réputation! Complices, nous rions de bon cœur.

Antoine me questionne sur ma vie aux Éboulements, sur mes amis. Je leur parle d'Esther, de nos activités; il me demande même si j'ai un ami!

– Non… pas encore! Disons que, pour l'instant, j'ai d'autres chats à fouetter.

– À l'école, comment ça va? T'es en quel secondaire…?

– Trois.

Je leur dis travailler très fort pour conserver une moyenne de quatre-vingt-cinq pour cent. Antoine semble impressionné et hausse fièrement les sourcils. Marie-Paule dirige ensuite la conversation vers un sujet plus épineux : Linda. Elle le fait sans malice, son ton est même plutôt délicat, mais je la sens préoccupée.

– Comment ça se passe entre vous deux? Embarrassée, je hausse les épaules, balance nerveusement mon pied sous la table et, dans un soupir aussi vague que flou, réponds que ça va tantôt bien, tantôt mal, comme la vie.

– Est-ce qu'elle est toujours avec son ami? Surprise, je lui demande lequel.

Marie-Paule me parle d'un témoin en cour qui s'était engagé à s'occuper de ma mère et de moi. Comment lui dire que je n'en ai jamais entendu parler ? Sans doute une manigance pour redorer son blason devant le juge. Mais je ne veux pas donner une trop mauvaise impression. Je mens.

– Ah ! lui… non… non…

Un ange passe. Avant de sombrer davantage, je décide que c'est à moi de passer à l'action. Après tout, je ne suis pas venue jusqu'ici pour parler de Linda ou simplement déguster un repas qui va sans doute me faire gagner un kilo.

– Si c'est possible, j'aimerais que vous me parliez du temps où j'étais avec vous…

La question est difficile. Je le sens en voyant les barricades qui s'élèvent derrière leurs regards. Néanmoins, Marie-Paule s'efforce de satisfaire ma curiosité.

– Ça faisait longtemps qu'on essayait d'adopter un enfant. On avait fait plusieurs tentatives avec l'adoption internationale, mais sans succès. Plusieurs pays fermaient leurs portes à l'adoption à cause de conflits politiques. Puis un jour, notre conseillère nous a parlé de ta mère qui ne pouvait plus s'occuper de toi. Une belle fille de trois jours, qu'elle m'a dit. Excitée, je me rappelle m'être précipitée à l'Institut pour annoncer la bonne nouvelle à Antoine.

– Même sans m'avoir vue ?

– On voulait un bébé… puis je faisais confiance à Élisabeth, notre conseillère. Bien sûr, on se méfiait de la loi qui donnait six mois à la mère naturelle pour revenir sur sa décision.

Mais disons qu'après t'avoir vu la binette, on a décidé d'oublier le pire. Deux semaines plus tard, tu devenais notre petite Marilou. Je n'ai jamais vu une chambre d'enfant se préparer aussi rapidement !

Marie-Paule esquisse un sourire nostalgique. Je sens bien que le décor de ma chambre est marqué à tout jamais dans les replis de sa mémoire. Des murs jaunes et mauves, avec une armée d'oursons qui me regardent, confortablement installés au pied de ma couchette. Elle sent encore l'odeur de la poudre pour soulager mes fesses rougies. Elle entend encore mes pleurs au milieu de la nuit. Elle ressent encore l'effet des longues nuits blanches, les nuits d'inquiétude en attendant le verdict du procès.

— T'étais un bon bébé, facile, enjoué…

— Je pleurais beaucoup ?

— Quand tu pleurais à cause des coliques, je te faisais entendre les symphonies que je répétais pour mes concerts. Ça te calmait. Parfois, je trichais et je t'amenais à l'orchestre. Tu dormais emmaillotée dans ta petite couverture turquoise. Mon chef d'orchestre s'amusait à dire que t'avais la musique dans le sang, que tu serais comme… moi.

Le mot mère allait glisser de ses lèvres mais, pudique, elle ne l'a pas prononcé. Respectueuse, elle se contente d'étouffer cette crise de nostalgie derrière un autre sourire bien sage.

J'apprends que mon premier mot officiel fut « dada », en l'honneur d'Antoine. C'est lui qui me faisait prendre le bain quotidien avant de me poudrer les fesses et de me faire danser toute nue sur la table de la salle à dîner. Excitée, je m'époumonais dans des rires infinis. Une fois, paraît-il, la danse a tourné en cauchemar quand, me prenant sans doute pour la plus grande des ballerines, j'ai fait un vol plané de la table au plancher de bois franc. J'ai passé le reste de ma journée à l'urgence de l'hôpital. Mes premiers points de suture au front !

– Est-ce que c'était au côté gauche ?

Antoine acquiesce. Je soulève fièrement une mèche de cheveux pour leur montrer les traces de cette blessure. La cicatrice n'est pas énorme, c'est comme un trait de crayon très pâle, mais j'ai le sentiment que c'est le plus beau cadeau que je puisse leur offrir : la preuve que quelque chose de leur Marilou subsiste encore. En échange, je tais un autre mensonge de Linda. Pour m'expliquer cette cicatrice, elle m'avait parlé d'un accident en patins. Je lui en veux, mais je m'efforce de ne pas gâcher ces moments merveilleux. Je rejoindrai cette autre histoire bien assez tôt.

Ensuite, Marie-Paule m'invite à passer au salon où un paquet rouge m'est destiné. La gêne me fait rougir. Il s'agit de l'album souvenir de mes trois premières années ! Solennellement, je tourne les pages comme s'il s'agissait du plus merveilleux des contes de fées. Voir ma première dent, mes cheveux pâles et fins, les empreintes de mes petits doigts trempés dans l'encre bleue me procure un tel sentiment de bonheur ! Je meurs d'envie de le montrer à Esther. Lui prouver que, moi aussi, j'ai été aimée.

— Est-ce que vous vouliez me revoir ? Je veux dire, y aviez-vous vraiment pensé ?

Cette fois-ci, c'est Antoine qui répond le premier. Ça me surprend. Il s'était fait plutôt discret jusqu'à maintenant.

— On a toujours rêvé que ça se produise un jour mais, pour nous, c'était impossible de le planifier.

Les yeux de Marie-Paule sont brumeux et sa voix tremble comme les feuilles d'un arbre dans la tempête :

— Tous les matins, en me réveillant, je te souhaite la plus belle des journées…

Je voudrais fixer pour toujours, dans ma mémoire, la beauté poignante de leurs regards. J'ai la preuve que, quelque part en eux, je suis toujours la petite Marilou, un être merveilleux, précieux et désiré. À leurs yeux, je suis la plus belle, la plus intelligente, la plus drôle, la plus aimable. Malgré dix années passées loin les uns des autres, notre histoire n'est pas terminée.

— Tu diras à ta mère que c'est généreux de nous avoir laissés te rencontrer. C'est courageux de sa part.

Je voudrais crier, hurler toute cette famine affective qui m'habite, mais rien ne se passe. Je me contente de baisser les yeux. Devrais-je leur dire que je me suis enfuie, que je suis trop malheureuse dans mon trou perdu et que, si ce n'était d'Esther, je suivrais sans doute les traces de Linda pour sombrer dans l'alcool ? Peut-être, si je leur disais cela, accepteraient-ils de lui parler ? De lui faire comprendre que je dois revenir vivre avec eux ? Tout le monde serait content. Linda m'aurait offert le meilleur d'elle-même et, maintenant que j'ai besoin de plus, Antoine et Marie-Paule seraient là pour me seconder.

Inexplicablement, je reste muette. En fait, j'agis comme Linda le fait quand elle est submergée par l'émotion. Je tente de montrer que je suis forte, que je ne plie pas comme le roseau. Je suis un arbre gigantesque ! Je m'en veux ! Devant moi, Marie-Paule et Antoine semblent jouer la même comédie. Ils m'observent, pudiques. Pourquoi ne nous sautons-nous pas au cou ? C'est pourtant ce que nous souhaitons le plus au monde. Tous les trois sommes les victimes de l'ouragan le plus silencieux sur la planète Terre. Je déteste la vie, je m'en veux, je leur en veux ! Et puis non, je ne me résignerai pas comme tous les autres. Je ne me tairai pas ! Bouleversée, j'active mes cordes vocales, je bafouille, j'invente des sons pour finalement balbutier un simple « pourquoi ». Je le prononce faiblement. Un peu plus fort. Avant de le faire résonner dans toute la maison et d'éclater en sanglots. Ils me serrent dans leurs bras.

Ainsi enlacée, j'oublie les secondes, les minutes, le temps. Le présent n'existe plus. Il n'y a que le son de nos pleurs, des pleurs libérateurs qu'aucun or ne pourrait acheter. Dans leurs bras, je suis redevenue la petite Marilou. Je bave mon chagrin contre leur peau, je hume l'odeur de leurs corps comme le meilleur des parfums. Nous nous serrons très fort, comme nous avons dû le faire plusieurs années auparavant quand, impuissants, ils m'ont fait leurs plus beaux adieux.

Chapitre XI

Assise dans le premier banc de l'autobus, je regarde défiler le paysage pendant que mon ordinateur mental bourdonne comme une ruche au cœur de l'été. Malgré l'épuisement qui engourdit mon corps, je repense à toutes les rues de ce périple, à tous ces moments périlleux, ces moments insoupçonnables dont les traces sont désormais inscrites en moi pour toujours. En moi.

Avant ce voyage, je pensais tout le temps et voilà que c'est pire. Je ne suis parvenue qu'à réveiller de nouvelles tempêtes. Je suis comme le loup qu'on a mis en cage. Par le grillage, je regarde le monde mais je ne peux plus l'atteindre, je ne peux plus courir ! C'est injuste ! Ça doit être le mal qui se venge. Depuis trois jours, j'ai perpétuellement le sentiment de me balancer entre le bien et le mal. Ça vient d'où le bien, le mal ? Je suis si confuse ! Je devrais pourtant être folle de joie. J'ai revu mes parents adoptifs, je ramène avec moi l'album de mon enfance ; j'ai répondu à mes questions. Pourquoi mon gouffre est-il toujours si profond ? En fait, je connais la réponse, mais je ne sais pas si j'aurai le courage de l'énoncer.

Heureusement, dans l'autobus qui me ramène à Baie-Saint-Paul, je reconnais la femme du cordonnier. Gentille, elle accepte de me ramener aux Éboulements. Je repousserai encore un peu l'heure de mon procès.

À sept heures, le village est déjà englouti par la nuit. Le ciel ressemble à un énorme réservoir de pétrole qui attend de déverser son précieux liquide. Je ne sors pas de la cabine téléphonique pour me protéger du froid.

Du bout de la rue, je reconnais la silhouette de mon amie. Elle s'approche, le dos légèrement voûté comme si elle craignait d'éventuels reproches.

— Je te jure ! Je voulais pas leur dire, mais tu connais ta mère...

— C'est correct, Esther, inquiète-toi pas avec ça...

Nous essayons de rire de notre catastrophe, mais le résultat est tiède. À défaut de pétrole, c'est un grain de sucre qui se dépose sur le bout de mon nez. La première neige de la saison.

— Comment était Linda quand elle est partie de chez vous ?

– Disons qu'après ton téléphone, le curé aurait pas été content de l'entendre ! Ouf ! Mais j'ai pas tout entendu, papa m'a ordonné de rester dans ma chambre jusqu'à ce matin.

– Je suis vraiment désolée…

– Arrête, Suzie ! Dis-moi plutôt comment ça s'est passé !

La solidarité de mon amie est si réconfortante ! J'imagine que ça doit être plus facile de mourir en compagnie de quelqu'un qu'on aime. Reconnaissante, je la prends par l'épaule.

À la salle de quilles, assises devant deux chocolats chauds gracieusement offerts par Esther, nos regards s'éternisent sur une photo montrant ma binette à l'âge de deux ans.

– Tu te ressembles encore.

– Moi aussi, je trouve.

Esther tourne les pages de l'album avec délicatesse, comme pour souligner l'importance du moment. Nous y allons de grands soupirs d'émerveillement, de rires cristallins pour célébrer ces trois années de ma vie.

Quand Esther referme l'album, il est près de huit heures. J'inspire profondément pour me donner du courage. Je ne peux remettre éternellement mon retour à la maison.

– Tu vas montrer l'album à Linda ?

– Je sais pas…

Mal à l'aise, mon regard fait la navette entre le visage d'Esther et mon album.

– Tu vas les revoir ?

– J'espère… J'ai jamais vu des parents aussi *cool* ! Avec eux, ce serait le paradis. Ils sont ouverts, tu sens qu'ils comprennent la vie.

– Ouais…

Esther ravale pour étouffer un début de tristesse.

– Tu veux vivre avec eux ?

Sa voix craque. Par amitié, pour minimiser le coup, je mime un haussement d'épaules incertain, mais c'est un oui très franc que j'ai envie de lui transmettre.

– Ils seraient prêts à te reprendre ?

– Ils ont pas dit ça comme ça… ils ont juste dit qu'ils aimeraient ça me revoir. Tu comprends, c'est plutôt compliqué. Il y a Linda, il faut que je lui parle…

– Tu penses qu'elle va vouloir ?

– De toute façon, dans deux ans ça va être l'inscription au collège. Je m'inscrirais à Montréal au lieu de Québec.

Une expression d'horreur parcourt les traits de mon amie.

– Tu pourrais venir, toi aussi.

Sceptique, elle se mordille la lèvre.

– Mes parents pourront jamais m'envoyer à Montréal. On aura pas l'argent.

– Voyons ! on s'arrangerait !

– Ouais…

– De toute façon, c'est pas fait, hein ? Tant que je serai pas majeure…

Elle ne me croit pas. Elle sait bien qu'à compter de ce soir, je vais tout faire pour convaincre Linda, tout faire pour lui rendre la vie infernale pour qu'en moins d'une semaine, elle me supplie d'aller les rejoindre ! Ça m'attriste de blesser Esther, mais je peux pas lui mentir. Je l'aime trop. Silencieuses, nous nous levons. Le moment est arrivé…

Chapitre XII

J E TOURNE la poignée. Linda est là, assise, elle me regarde avec son air de dragon prêt à cracher sa flamme. Une cigarette grille dans le cendrier. J'aurais envie de disparaître dans ma chambre pour retrouver mon lit, mais je m'approche et m'assois à l'autre bout de la table. Linda expire un long jet de fumée. Mon plaidoyer a besoin d'être convaincant.

— Bonsoir...

Étonnamment, son ton n'est pas aussi dur que je m'y attendais.

— T'es revenue comment?
— En autobus...
— T'avais assez d'argent?

Je ne veux pas lui dire que c'est Camille et Patricia qui m'en ont prêté, je n'ai surtout pas envie de lui parler d'elles. Plus tard, on verra.

– J'avais des économies.

Linda sourit légèrement, écrase sa cigarette et avec sa main essuie le dessous de son
nez. C'est très mauvais signe. Comme je
l'avais prévu, elle va se lancer dans la tirade de
la mère abandonnée.

– J'aurais dû te prévenir. Je suis désolée,
Suzie.

Je ne trouve rien à répondre. Le silence
dans la pièce brûle comme le plus chaud des
soleils dans le désert. Linda baisse les yeux et
s'allume une autre cigarette.

– Tu les as vus ?

La question ne semble pas piégée. Il n'y a
pas ce ton manipulateur qu'elle a l'habitude
d'exercer avec brio. Peut-être devrais-je me
méfier, anticiper un châtiment exemplaire
pour mon impardonnable péché mais, tant
pis, j'opte pour la vérité.

– Oui, j'ai mangé avec eux, hier soir.

– Ah bon !

Elle ravale. Je fonds comme glace au soleil.

– C'était bien ?

– Oui, c'était bien.

J'ai l'impression qu'elle n'a pas beaucoup
dormi depuis deux jours. Ses traits sont tirés,
ses yeux affreusement cernés comme si elle
avait reçu un coup de poing au visage. Derrière un sourire respectueux, je tente de limi-
ter les dégâts :

– Toi, ça va ?

– Ça va…

Le ton est peu convaincant. Elle éteint nerveusement sa cigarette.

— Dans le fond, je suis contente que ce
soit fait…

J'ai un mouvement de surprise. Décidément, quelque chose ne tourne pas rond. Le
téléphone de la veille laissait pourtant présager
le pire des accueils. Le dragon manque de
conviction.

— Je pensais que tu mettrais la police à mes
trousses.

— J'y ai pensé… Mais tu m'en aurais voulu
jusqu'à la fin de tes jours.

Sa réponse me fait plaisir. Elle soupire et
s'enfouit le visage dans ses mains pour ras-
sembler ses esprits. La vaisselle traîne sur le
comptoir. J'attends la prochaine question,
mais elle ne vient pas. Devrais-je moi-même
aborder le sujet ? Lui parler de mon nouveau
rêve ? Je choisis de ne pas la provoquer. Pas
tout de suite. Après tout, je suis presque surprise d'être encore en vie. J'ai envie que ça
dure.

— Comment t'as su que j'étais partie ?

— Par hasard. Je me suis arrêtée chez
Mme Tremblay pour lui demander une faveur.
C'est Esther qui a répondu.

— Ah…

Je la regarde, interloquée.

— Et c'était quoi la faveur ?

— Si tu pouvais rester chez elle la semaine
prochaine.

Mes yeux lancent des éclairs. C'était donc ça, la langueur dans son ton ! Madame s'apprête sans doute à m'annoncer des vacances dans le sud avec un nouvel épais. Et dire que j'étais sur le point de la prendre en pitié ! D'une minute à l'autre, l'ombre d'un nouvel amant va sans doute faire son apparition. Mais il ne se passe rien. Que nos deux corps dans la cuisine, deux corps de fauves aux aguets.

– Pourquoi tu veux me faire garder ? Tu pars en vacances ?

– Non. J'ai à m'absenter.

– Où ?

– T'es pas obligée de tout savoir.

– T'es ma mère !

– Ah ! oui ?

Le coup est difficile à avaler. J'avance une moue baveuse :

– Tu veux te venger ?

– Je savais même pas que t'étais à Montréal quand j'ai pris la décision.

Comment se fait-il que je sois la seule à me sentir coupable ? Après tout, c'est elle la menteuse. C'est de sa faute si je me suis rendue à Montréal. Allez ! Engueule-moi ! Ridiculise-moi ! J'aurais au moins une raison de t'annoncer mon départ pour toujours !

– Tu me parles pas beaucoup de tes projets, toi non plus...

Son ton est dégagé, presque feutré. C'est absurde. Je panique !

– Tu trouves ça normal de ne pas me poser de questions ? Je fugue durant trois jours puis t'es même pas intéressée à savoir pourquoi je suis allée les voir…

– Peut-être que je le sais déjà…

Elle est trop habile. Je suis bouche bée, mon avenir me glisse entre les mains. Je ne parviendrai jamais à lui dire que je veux la quitter.

– Comment ç'a été avec eux autres ?

Une vraie sorcière ! J'avale une lame de rasoir. La honte s'écoule dans mes veines. Je dois me retirer dans mon abri. Reprendre mon souffle, des forces. Traquée, je crie :

– POURQUOI TU FAIS JAMAIS RIEN COMME TOUT LE MONDE ? JE T'HAÏS LINDA BERGERON ! JE T'HAÏS !

Rageuse, je donne un coup de poing dans le vide. Elle ne bouge pas. Je me recroqueville en silence. Les yeux mouillés, elle me regarde.

– Pas moi. Je te hais pas…

Elle se compose un sourire qui me glace le dos.

– J'aurais dû t'en parler. Je suis désolée…

Qu'est-ce que je peux lui reprocher maintenant ? Sans bavure, elle vient de réussir le pire des examens. Il me reste encore une chance.

– C'est pour ça que tu t'en vas une semaine ?

Son air se durcit. Enfin ! Je suis sur la bonne voie. Je ne dois pas abandonner.

– Il faut que j'aille à Québec… pour… euh…

Elle se racle la gorge avant de prononcer le mot traitement. Mon cœur se serre.

– Pourquoi un traitement?

– Je vais te le dire. Une fois. Mais je veux plus jamais avoir à reparler de ça. Promis?

– Oui…

J'ai peur. Peur que le ciel nous tombe sur la tête, peur que la vie nous avale toutes les deux. Peur…

– J'ai… j'ai un cancer du sein, Suzie…

Le ton de sa voix a baissé d'une octave, une voix lugubre, inconnue, plus proche de la mort que de la vie. Je la revois pleurer dans sa chambre, nue, toute souffrante, toute seule. Je me sens méchante, perdue, j'ai envie de la caresser, de la protéger, mais je ne peux bouger.

– Le médecin, qu'est-ce qu'il a dit?

Linda renifle puis sourit. D'un sourire comme seule une mère peut en offrir :

– Que ça va bien aller. Ça va bien aller…

Dehors, de gros flocons scintillent dans la noirceur de la nuit. Une neige cruelle qui annonce la mort au village. Mais je ne la laisserai pas faire. Je vais rester avec elle. Nous allons nous battre.

Je le promets.

Collection « Ado »

PAO : Éditions Vents d'Ouest (1993) inc., Hull

Impression : Marc Veilleux Imprimeur inc.
Boucherville

Achevé d'imprimer en octobre
deux mille

Imprimé au Canada